U0520135

方正廉洁文学系列

人生不能重来

张小莉 著

RENSHENG
BUNENG
CHONGLAI

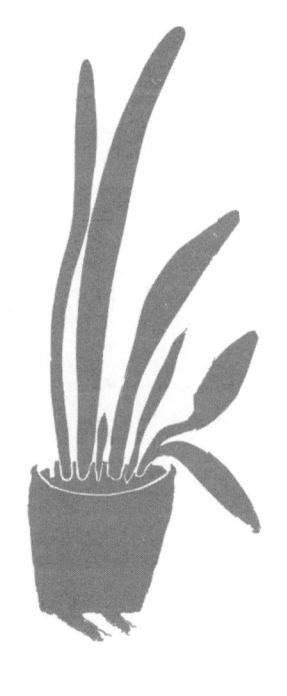

中国方正出版社

以案为鉴,走好人生每一步

(再版代序)

王 杰[*]

"一失足成千古恨,再回头已百年身。"人生如途,一旦行差踏错,往往追悔莫及。十二年前,《人生不能重来》这部反腐力作问世,恰似巨石投入湖中,惊起层层浪花。此书还被改编为同名电影,反响甚大。如今,在党的二十大强调坚定不移全面从严治党,坚决打赢反腐败斗争攻坚战持久战的时代洪流中,《人生不能重来》一书即将再版,其意义愈发重大。作为教授,我在中央党校和各地讲学时,时常会提及此书,只因它令人深思,发人深省。

作家张小莉心怀大爱,她曾为纪检干部,对廉政文化研究颇深,利用业余时间创作了多部廉政题材佳作。愿此

---

[*] 王杰,系中共中央党校(国家行政学院)哲学部教授、中国实学研究会会长。

书如警世洪钟,给众人带来启示与警醒。

书中的郑煜辉,初时豪情壮志冲云天,一心欲于仕途为民众谋福祉,前期亦颇有建树。怎奈权力的诱惑仿若无底的黑洞,令其渐失本心,一步步深陷腐败之渊薮。待至银铛入狱,方如梦初醒,然为时已晚。正如《红楼梦》所叹:"身后有余忘缩手,眼前无路想回头。"人生恰似单程之旅,无法回溯,惟余后果,未存假设。

郑煜辉罪行败露后,往昔荣耀如烟消云散,徒留无尽悔恨与痛楚,其原本和美的家庭亦分崩离析。其母含辛茹苦、心地纯善,却因儿子之罪过悲愤辞世,他未及报答亲恩,致母含恨九泉,实乃令人痛心疾首。他的儿子儿媳正值青春韶华,本应志存高远、奋楫前行,却因凭借父亲权势违法乱纪而双双身陷囹圄,青春被铁窗所困,人生堕入罪恶的深渊。小孙女本应于校园中天真烂漫、欢悦成长,却因祖父的过错惧怕同窗讥诮而不敢就学,童真被冷酷现实无情摧折,未来之路蒙上浓重阴影。留学归国的女儿本前途璀璨,却因他的贪腐,携母与侄女远走他乡,每逢佳节,思乡之情切切,往昔温馨之回忆如今惟余苦涩。

"欲不除,如蛾扑灯,焚身乃止。"郑煜辉的悲剧绝非孤例。在当下复杂的社会环境中,仍有部分党员干部、公职人员在利益诱惑面前丧失原则，心存侥幸，妄图逃避法律的制裁。党的二十大报告明确指出："只要存在腐败问题产生的土壤和条件，反腐败斗争就一刻不能停，必须永远吹冲锋号。"党和国家的反腐决心坚如磐石，力度持续增强。以"得罪千百人、不负十四亿"的使命担当祛疴治乱，不敢腐、不能腐、不想腐一体推进，"打虎""拍蝇""猎狐"多管齐下，坚持以严的基调强化正风肃纪，以反腐惩恶的雷霆之势彰显自我革命，反腐败斗争取得压倒性胜利并全面巩固，开辟了党的自我革命新境界。

"沉舟侧畔千帆过，病树前头万木春。"我们应从《人生不能重来》这部作品中深刻汲取教训。一方面，党员干部、公职人员当以党的二十大精神为指引，时刻铭记初心使命，以"清心为治本，直道是身谋"为圭臬，心怀敬畏、言语谨慎、行为有节。需深知权力乃责任担当，绝非谋私的器具，更应明白心若贪，必招祸；手若伸，必被擒；少一分贪欲，多一分安宁。另一方面，应引领社会大众树立正确的价值观，弘扬廉洁文化，形成"以廉为荣，以贪为耻"的良好风气。同时，强化对权力的监督，让权力在阳光下运行，使腐败无处遁形。

"往者不可谏，来者犹可追。"愿我们皆能以郑煜辉之

人生不能重来

悲剧为镜鉴,珍惜当下,坚守正道,走好人生每一步,绝不重蹈贪腐之覆辙,毕竟,人生不能重来,每一次抉择皆需谨而又慎。"路漫漫其修远兮,吾将上下而求索。"反腐之路漫漫且艰,我们惟有矢志不渝地贯彻党的二十大精神,锲而不舍地推进反腐败斗争,才能迎来海晏河清、朗朗乾坤的盛世华章!

2024 年 11 月 8 日于北京

一部撼人心灵的反腐力作

(代序)

林　岷[*]

"真正的艺术作品是有传染性的,在某种限度之内可以对人的神经产生刺激作用。"列夫·托尔斯泰如是说。

读完青年作家张小莉的长篇小说《人生不能重来》,掩卷沉思,我的神经被五味杂陈的思绪深深刺激着,沉重悲伤,这不单单是一部不落窠臼、另辟蹊径的艺术作品,更是当今一部发人深省、撼人心灵的反腐力作。

如今一些反腐艺术作品,大都是把"重头戏"放在腐败分子腐败的过程和环节上,其情节基本上都是描述一些仕途通达的"时代骄子",或者有着炫目光环的"改革先锋",最终没有抵得住诱惑,没有经受住考验,一步步走向

---

[*] 林岷,系林则徐六世嫡孙女,中国戏曲学院教授,北京文史研究馆终身馆员。

人生不能重来

犯罪的深渊而锒铛入狱,行文至此便全书告终。这种大篇幅展示腐败分子如何腐败犯罪的艺术作品,对弘扬正气、净化灵魂,的确也能达到很好的教育目的,但时间一长,读者难免会对这种直来直去、千篇一律的教育方式产生雷同感、老化感,缺乏情感上的强烈震撼,会产生"见怪不怪"的不良心理,甚至会起到适得其反的效果。

《人生不能重来》这部小说在这个维度上有了迥异的独特突破,它推陈出新、标新立异,彻底打破上述写法,另辟蹊径,不写贪官如何腐败犯罪,而是写贪官落马后其家庭成员面临的一系列问题及付出的沉重代价,给读者带来了一种全新的感觉,从而在情感共鸣中警示人们一定要远离腐败。从艺术创新维度来讲,我感到此书的延伸意义非同一般,正如福楼拜在《致高莱女士书》中所说:"我们与其固执地重弹老调,不如用力创造新谱。"

寓教于情、以情动人是该书的最大特点,它不仅体现在纪检监察部门人性执纪、柔性执法但又坚决反腐倡廉的决心和行动上,同时体现在人物形象塑造的复杂多变上,还体现在对亲情、爱情、友情淋漓尽致的渲染上。小说用十个诗一样的章节,分别描写了副市长郑煜辉落马后老母亲的悲愤、妻子的痛苦、女儿的忧伤、儿子儿媳的无奈和

一部撼人心灵的反腐力作

小孙女的可怜,全方位展示了腐败分子的腐败行为不仅亲手毁掉了自己的一生,永远将自己钉在了历史的耻辱柱上,而且也亲手破坏了家庭的幸福,给家庭成员带来了永远无法弥补的伤痛……全书无处不让人感悟到腐败带来的打击和灾难是巨大的、致命的,腐败的代价是高昂的、沉重的。这种极具人情味的"软化"教诲,比起那些直来直去不善转弯的"硬性"说教,平添了诸多的"润物细无声"的委婉效果,对于那些已经和正在进行腐败的人必然具有更大的警醒效用,尤其是其中一个章节里郑煜辉的小孙女可怜的心碎般的哭叫声:"我要爷爷,我要爸爸,我要妈妈……"这哭声撕心裂肺,让人柔肠寸断,心灵不由得受到震撼!情到深处我热泪长流,不由自主地慨叹:"为了自己的亲人,一定要固守廉洁!"书中每个章节,都让我感受到深刻的精神洗礼!我为这部书的质朴、平实又感人、动人的情节叫好!

从近年来一些贪官落马的案例中我们可以看出,他们之所以贪污受贿大都有一个目的,那就是想给子孙留下一些钱财,让他们生活得更加幸福。舐犊之情,人皆有之,无情未必真豪杰,怜子如何不丈夫。但我们如何爱孩子,该给他们留下什么样的财富,是每一位党员干部和家属们最应该深思和警醒的问题。这本书中专门列出一个章节"家财不为子孙谋",引用林则徐家训:"子孙若如我,留钱做什么?贤而多财则损其志;子孙不如我,留钱做什么?愚而多财益增其过。"其寓意就是更加通俗直观地告诉我们林文忠公所讲的这个道理:无论子孙有才无才,留给他们金钱物质,绝不是明智的选择。本书中的副市长郑煜辉,包括我们现实中的一些党员干部却往往悟不透这个道理,他们为了给孩子"日后生活留点后路"和让孩子"生活得更幸福",践踏职责使命,违反党纪国法,其结果不但害了自己,也害了孩子,给家庭带来巨大的灾难。

纵观中国历史上各个朝代,贪污腐败历来是危害人民利益、关乎国家生死存亡的致命毒瘤。尤其是目前我国正处于经济转轨、社会转型、体制转换的关键时期,一些领域的腐败现象仍然易发多发,违纪违法行为也趋于隐蔽化、复杂化,反腐败的形势依然严峻,任务依然繁重。反腐倡廉,是中国共产党治国理政的生命线,从我党诞生的那一天起直到现在,始终是一以贯之地高度重视党风廉政建设和反腐败斗争,努力朝着干部清正、政府清廉、政治清明的目标迈进。

中国共产党第十八次全国代表大会再次强调重拳反腐,

这是顺应历史潮流，也是民心所向。"坚定不移把反腐败斗争进行到底"是郑重承诺，更是神圣使命！中国共产党正逐步形成拒腐防变教育长效机制、反腐倡廉制度体系、权力运行监控机制，走出一条适合中国国情、具有中国特色的反腐倡廉道路。为此，从惩防并举、注重预防的角度上看，此书的教育意义非同一般。

2012 年 11 月 12 日深夜于北京家中书房

目　录

一、孤寂黑夜独徘徊 / 1

二、山雨欲来风满楼 / 5

三、谁怜憔悴更凋零 / 31

四、柔肠一寸愁千缕 / 60

五、白头老母遮门啼 / 83

六、宝剑锋从磨砺出 / 98

七、家财不为子孙谋 / 112

八、等闲变却故人心 / 141

九、感月吟风多少事 / 160

十、天涯一望断人肠 / 201

用清廉守护幸福（代后记）/ 249

再版后记 / 256

一、孤寂黑夜独徘徊

01

夜色如墨,寂静的深夜仿佛吞噬了所有的声音,大地沉沉入梦。

江丰市郊区的市政府家属院——府江小区,此刻也褪去了白天的喧嚣,潜入了黑夜的静谧。

小区一角的窗前,孤寂地伫立着一位清秀的女孩。她满目憔悴,忧心忡忡,仿佛几经风霜,历尽苍凉,让人倍感怜惜心疼。

她是郑雅琳,江丰市原副市长郑煜辉的女儿。

此时的她泪光点点,思绪万千,满腹辛酸地仰望着漆黑的夜空。

冷寂的苍穹，星辰匿踪，一种无助的哀伤在四周弥漫开来。

半年前还是四代同堂的幸福家庭，怎么顷刻间就支离破碎了？

郑雅琳柔肠寸断，痛不欲生，她在苦苦寻觅着答案……

02

"我要爷爷，我要爸爸，我要妈妈……"突然，一声细小的哭喊打破了夜的宁静。那哭叫声虽然不大，却如同刺骨的寒风，穿透了郑雅琳的心房。

她浑身一震，急转身回房。

静谧的房间内，昏暗的灯光下，她六岁半的小侄女郑凌薇依然在睡梦之中，但孩子不停地扭动着娇小的身体，喃喃自语。

原来是侄女梦中呓语，她又在睡梦之中寻找她亲爱的爷爷、爸爸和妈妈了。

郑雅琳的眼泪夺眶而出，她蹲在小侄女的床头旁，轻柔地安抚着她。

睡梦中，可怜的小凌薇眼角挂着泪珠，雪白的小脸娇弱得让人心疼不已。

"我要爷爷，我要爸爸，我要妈妈！"郑凌薇又一次梦呓。

那悲凉的声音在夜空中回荡，郑雅琳仿佛听到了自己心碎的声音！她轻拍着安抚小侄女，小凌薇终于熟睡了。

郑雅琳长嘘了一口气，轻轻关上小侄女的房门，泪如雨下。

03

今夜，对郑雅琳来说又将是一个漫长的不眠之夜！

半年前这儿还是充满欢声笑语的幸福家庭，如今却只能在客厅柜子上方的全家福照片中寻找家人的笑容了！

人们常说，家是父亲的王国、母亲的世界、儿女的乐园！家是每个人温馨的港湾，处处洋溢着关爱和开心。而

| 人生不能重来

快乐幸福的一家人*

今,我的亲人们何在?我的家何在啊?

不堪回首的伤心往事已经铭刻在灵魂深处,也许这一生都无法抹掉,沧海桑田,芳华落尽,曾经绕指的柔情,曾经迷离的文字,剩下的只有苍凉和难以言说的疼痛,眼中的泪,灼灼的疼……

苍茫黑夜,郑雅琳思绪万千,愁肠满怀,不知未来该何去何从……

---

* 插图为《人生不能重来》同名电影的剧照。

二、山雨欲来风满楼

01

暮春四月，正是春归芳菲落尽的时候，但府江小区里到处繁花似锦，尤其是小区里的紫藤花廊下，大片的枝藤缠绕在人工棚架上，四下伸展开来，宛若紫色的花亭，一串串紫中带蓝的紫藤花从树枝上垂下来，一朵挤着一朵，朵朵张着小嘴犹如紫衣少女在低吟浅唱，让人顿生怜惜。微风吹来，阵阵清香弥漫，令人心旷神怡。

"姑妈，我又给您老捡了一把紫藤花。"一个四十多岁的中年妇女手里捧着一把紫藤花边走边向前边提着花篮弯腰捡花的老太太说道。

老太太直起身来说道:"好啊!"接着又用手捶了捶腰笑道,"看我这老腰又开始酸疼了,不服老还真不行呀!"

中年妇女把紫藤花放在老太太的篮子里笑道:"姑妈,您才不老呢,我怎么看您都不像75岁,倒像57岁的人呀!"

老太太笑道:"你这个榆美说话老让你姑妈高兴,去年你好像也说你姑妈57岁呀。哎,岁月不饶人,我今年已经78岁喽!"

榆美抿嘴笑道:"姑妈,忘掉年龄,不记住自己真实年龄,心里面反而没有负担,再说您真的不像78岁,您的皮肤白皙紧致,并没有多少皱纹呀!"

老太太高兴地拍了拍自己的脸颊,自豪地说道:"是啊,我的皮肤还行!"

"看,您老也知道自己皮肤很好啊!"榆美从老太太手里接过篮子说。

老太太笑了笑说道:"我看花捡得差不多了,告诉大家不要再捡了。我这腰又酸又痛,看来今天要下雨喽!"

榆美抬头看看天,皱眉说道:"也是,今天天气不正常,闷热得有点透不过气来,好像已经提前进入了夏季。对,刚才他们说今天气温达到了29℃!其实我们几个出来

二、山雨欲来风满楼

捡花就行了,您老没必要非得出来呀!"

老太太激动地说:"我孙女今天要回国了,她从小就爱吃我做的紫藤花糕,所以我要亲自出来捡花,让她回国后的第一顿饭就吃上我的紫藤花糕!"

榆美笑道:"真是拗不过您老人家!"

"可是这么多紫藤花,我们随便摘下几串新鲜的就够了,您老为何非得要我们捡落在地上的?"榆美不解地问。

老太太郑重地说:"这也是我要跟着你们出来的另一个原因,就是监督你们不要摘紫藤树上的花。一花一世界,花也是有生命、有灵性的,它们的生命虽然短暂,但我们没有任何理由剥夺它们生存的权利,煜辉小时候我们娘俩饿得皮包骨头,也只是捡落在地上的紫藤花吃,从没有折过一串啊!"

"您老真是菩萨心肠!"榆美不禁向老太太伸出大拇指赞叹道。

"我一个老太婆也不懂什么大道理,但我觉得做人第一要心肠好,不能做违背良心的事!"

"是啊!"榆美急忙附和道。

"我看咱们捡的花也够了,你告诉他们别捡了。大家都辛苦了,咱们回家喝点茶,休息一下!"老太太对榆美盼咐道。

"好!"榆美转身对不远处正在弯腰捡花的几个人大声喊道,"大家别捡了,花已经够用了,咱们陪老太太回家聊天去。"

众人异口同声答应道:"好!"

一群人欢声笑语地簇拥着老太太向小区的市长楼走去。

02

所谓"市长楼"是住在小区高层楼房上的机关干部为市级干部住的小楼起的名字,共有三栋楼。这三栋楼在小区的最佳位置,后面有假山、湖泊和凉亭,前面有小桥流水绕门而过,每栋楼只有四层,一层二层为一户,三层四层为一户,面积都是220平方米,但一层带个小院,可以种一点自己喜欢的花草。

副市长郑煜辉的房子正好在一层二层,简单装修后一家人就搬了进来,但常住家里的只有他的老母亲钱玉英、妻子王正梅、小孙女郑凌薇和保姆小林,儿子郑烨伟夫妇住在省城,女儿郑雅琳在国外留学,就连他自己也时常不

二、山雨欲来风满楼

住在家中。

老太太和一群人走进客厅。

这个客厅装修得简朴大方,具有浓郁的文化气息,中式沙发背后墙上方挂着一幅含苞怒放的红梅图,是王正梅亲自画好请人装裱后挂上去的。王正梅是市里一高教师,更是闻名全市的才女,琴棋书画样样精通,尤其擅长画梅,她的雪里红梅图还曾获得过国内大奖!老太太对这个儿媳百分之一百满意,还对儿媳心存感激,儿媳年轻时为照顾一双儿女放弃了很多,现在年龄大了又承担起照顾孙女和她这个老太太的重任!儿媳真为这个家付出太多、太多!每当儿子回来时,老太太总要语重心长地嘱咐儿子一定要好好疼惜自己的媳妇。

儿媳王正梅看到老太太回来了,笑吟吟地迎了上去说道:"妈,我正说出去找您,您老该吃药了!"

老太太笑道:"不急、不急!"接着对站在身后的榆美说,"去把紫藤花交给小林,让她用水冲洗干净,一会儿我去做!"

榆美答应一声正准备去厨房,王正梅却从她手里接过来花篮对众人说道:"谢谢你们了,大家都坐吧,我把花拿到厨房顺便给你们拿点水果吃!"

众人纷纷说:"嫂子别客气!"

老太太对儿媳说:"你顺便再让小林帮我们沏一壶上好的龙井。"

"好的。"王正梅答应一声向厨房走去。

老太太用赞许的目光看了一眼儿媳的背影,笑着招呼众人说道:"大家都别站着,来,都坐、都坐。"

老太太被许多客人围在中间,他们七嘴八舌地说着恭维话,老人脸上不时露出开心自豪的微笑。

一男客人微笑着赞道:"老太太,您老真有福气啊!儿子是大市长,孙子和孙媳都是省城大公司的经理,现在孙女又在国外取得了博士学位,真是满门荣耀啊!"

其中一女客人也说道:"老太太,您孙女就要从国外回来了,您老高兴吗?"

老太太笑道:"高兴、高兴!儿孙都很争气!先前吃的苦、遭的罪,现在想想也值了!"

刚上小学一年级的郑凌薇从楼上下来,听到太奶奶的一席话,兴奋地挤到老太太身边,两只小手抓住她的胳膊天真地说:"太奶奶,我也很争气,我这次又考了一个全班第一,您高兴吗?"

老太太一把搂住漂亮可爱的小凌薇笑着说:"太奶奶高

二、山雨欲来风满楼

兴，我家的小凌薇是最争气的孩子！将来你也要像你姑姑一样为我们考一个博士回来。"

郑凌薇噘起小嘴道："我将来一定要超过姑姑。"

众人大笑起来。

这时门铃响起。

保姆小林急忙去开门。

身材高大的郑煜辉走了进来。他浓眉大眼，高挺的鼻梁下是一张紧抿的薄唇，方正的脸庞带着刚毅。

众人立即站起来恭敬而崇拜地望着他，而他只用威严的目光扫了大家一眼。

几个稍微胆子大一些的人异口同声地说："郑市长您回来了！"

胆小的人胆怯地低下了头，不敢正视郑煜辉。

郑煜辉伸伸手道："都坐吧！"

郑凌薇笑呵呵地跑了过来，抱住郑煜辉的腰撒娇说："爷爷，抱抱我，抱抱我！"

王正梅匆忙走向郑煜辉，脸上洋溢着喜悦的笑容。

郑煜辉把公文包交给王正梅，边笑边抱起孙女转了一圈："宝贝，自己去玩，爷爷要去洗手间喽！"

门铃再次响起，王正梅示意小林前去开门。

门开处，一位西装革履、全身上下都是名牌的中年男人走了进来。他手里提着一个礼品盒，满脸笑容。中年男人身后，紧跟着一个年轻小伙子，怀里抱着两盒芒果。

郑煜辉正准备上楼，看到来人笑道："钱飞来了！"

这位中年男人走到郑煜辉面前，毕恭毕敬地说道："哥，这不是听说雅琳今天回来吗，这孩子从小爱吃芒果，这不，我就买了两箱进口的给她送来了！"这位中年男人边说边指了指身后的那个年轻人。那个年轻人立即紧步上前，把水果恭恭敬敬地放在客厅茶几的一旁。

王正梅莞尔一笑道："你还记得雅琳爱吃芒果！你看我这记性，我都忘记买了！谢谢你了钱飞！"

钱飞道："嫂子您看您说的，都是自家人，客气什么，这还不是我应该做的！"

王正梅满意且感激地朝钱飞点了点头。

"好好，你们继续聊吧！我还有事要处理。"郑煜辉言罢，便转身上楼。

钱飞提着礼品盒来到老太太身边，毕恭毕敬地说："姑妈，我给您老带来一盒上等的冬虫夏草。"

老太太笑嗔道："你看你每次来都带这些贵重补品，下次来可不要再乱花钱了！傻孩子，来、来，坐这儿、坐这儿。"

二、山雨欲来风满楼

钱飞满脸堆着笑，正准备坐在老太太身边，这时他的手机响了，他看了一下来电显示，皱了一下眉头说："姑妈，我一会儿再陪您老说话，我先出去接个电话。"

老太太摆摆手道："去吧、去吧，你这位大经理是个大忙人，你的时间很宝贵！"

客厅里欢声笑语，一群人还在叽叽喳喳恭维着老太太。

一个女客人拉住榆美的胳膊，满脸羡慕，讨好道："榆美，你太幸福了，嫁了一位好老公，真羡慕你呀！"说话间，她的目光不禁飘向钱飞离去的方向。

"是吗！"榆美虽满脸笑容，眼中却难掩寂寞。

03

在郑家小院里侧，一棵杏树在风中摇曳，枝枝桠桠挂满了青杏。

钱飞一边轻抚着杏枝，一边低声接听电话："不会吧！楼房倒塌已经一个多礼拜了，都是造谣的吧！对，应该都是造谣瞎传的！是的、是的，我会注意！"

接完电话，他情绪起伏不定，不自觉地摘了一棵青杏放

人生不能重来

在嘴里嚼了两下,随即"啪"的一下吐了出来。也许是青杏太酸了,他的脸顿时变了形,整张脸扭曲得可怕,但他轻轻咳了两下,迅速恢复自然状态后,疾步走进郑家客厅。

客厅内,郑凌薇兴高采烈地表演着少儿舞蹈,钱飞推门走了进来。

郑凌薇看到他进来,停止了跳舞。

钱飞立即抚摸着郑凌薇的头连连赞叹道:"薇薇是越来越漂亮了!怎么不跳了,接着跳啊!"

"不跳了、不跳了,我要和小林阿姨到太奶奶房间玩积木!"说完她蹦蹦跳跳地拉着小林的手去了客厅隔壁老太太的房间。

老太太笑着招呼钱飞说:"来,坐吧!你头发怎么乱了,外面起风了吗?"

钱飞坐到老太太身边笑道:"外面起风了,但今天天气预报说没雨呀!"

老太太随即看着榆美笑道:"怎么样,我这老腰一疼,不是刮风就是下雨,有时比天气预报还准呀!"

榆美笑着点点头,又很不自然地看了钱飞一眼。

郑煜辉在洗手间内不紧不慢地洗着手。

王正梅关切地拿着一条新毛巾走进来。

二、山雨欲来风满楼

郑煜辉皱着眉头问道:"家里怎么来了这么多人?"

王正梅回答道:"还不是他们听说雅琳要回来了,都想给她祝贺一下吗!"

郑煜辉反问道:"他们怎么知道雅琳要回来?"

王正梅叹道:"现在这个社会还有什么秘密可言,更何况你是公众人物,对于你的大小事别人都会挖空心思去打听啊!"

"也是!"郑煜辉无奈地点点头。

王正梅随手把毛巾递给郑煜辉,撇了撇嘴叹息道:"贫在闹市无人问,富在深山有远亲啊!母亲吃了好多苦把你拉扯大,没有一个亲戚上门帮忙,现在倒是七大姑八大姨一大堆数都数不完了!"

郑煜辉若有同感地点点头,心中却五味杂陈。

"老郑,咱们家能到今天也不容易,你一定要珍惜啊!我听说有一些传言,说你为一个女人违法批地……"此刻,王正梅的心里充满着焦虑和不安。

郑煜辉不耐烦地打断妻子道:"又来了、又来了,这是哪儿跟哪儿的事啊!跟你说过多少次啦!我和她没有任何关系。人家是来咱市投资的外商,我作为主抓招商的副市长,理应帮助她协调一下各方面的关系啊!"他觉得妻子越来越不理解自己的工作。

王正梅虽不太认可郑煜辉的解释，但她又很无奈地继续说道："无风不起浪！你再有几年就要退休了，要注意点声誉为好……"

郑煜辉又一次不耐烦地打断妻子的话："好了、好了，烦不烦啊！哎，对了，烨伟和香怡去接雅琳了吗？"他急于转移话题，不想再和妻子纠缠这些事情。

王正梅回答道："刚才烨伟打电话说他们正往机场赶，现在应该快到机场了！"

郑煜辉漫不经心道："知道了。"弯下腰洗起脸来，心中却在思考着女儿归来后的工作安排等事情。

王正梅绷着脸离开了洗手间，满心的话语无处诉说，只觉得这两年自己和丈夫之间似乎隔了一道高高的心墙。

04

蔚蓝的天空上，一架大型客机在云层中穿梭。天空仿佛是无垠的大海，飞机如一艘巨轮乘风破浪，在茫茫云海中穿行。客机内，有的人在打游戏，有的人在看报纸，有

二、山雨欲来风满楼

的人在听耳机,还有的闭目养神,大家都悠闲得很,只有一位气质高雅的姑娘显得坐卧不安,不时向窗外张望。

窗外,是一个美不胜收的奇妙世界:层层叠叠的棉花糖般的云层就像连绵起伏的云海,一团团云就像海中连绵不断的波浪。白云时而聚起,汇成一簇簇云山山脉,蜿蜒不绝;时而分散,似一袭轻纱,丝丝缕缕漫无边际;时而轻拢漫涌,如山谷堆雪纤尘不染;时而翻腾跳跃,如万马奔腾纵横驰骋。那云,仿佛是盛开在蔚蓝色海洋上的一朵朵洁白的花朵;那云,又似一个个娇柔飘逸的仙女在无尽天穹上变幻着婀娜曼妙的舞姿。美得令人炫目,美得令人陶醉……

这位姑娘此时的心就像大海的波涛一样,久久不能平静。她就是郑雅琳——郑煜辉的女儿。

一年没回来了,家里一切都好吧!奶奶她老人家身体还好吗?爸爸是不是又为工作累瘦了?妈妈是不是终日为家操劳变憔悴了?哥哥、嫂嫂的完美婚姻是否浪漫依旧?聪明漂亮的小侄女是不是又长高了?还有那个一直在苦苦等待我的他……

郑雅琳看了看表,盯着那慢慢移动的秒针,感觉时间在跟自己作对。

"女士,您需要茶水或者饮料吗?"一位推着饮料车的空姐问话打断了郑雅琳的思绪。

郑雅琳微笑着摇头道:"不需要,谢谢!"

05

一座绿树成荫的高档住宅小区,院内是精致典雅的洛可可风格,主要组成为雕像、潺潺流水和融入当地自然景观的风景。湖上有小桥、希腊式亭阁、中式凉亭、圆塘、石柱、岩石山洞等如诗如画的意境,在小区内漫步蹊径,仿佛置身天然坡地公园,建筑藏身于绿树繁花之间,一切自然而纯粹。

甄浩男正在自家门前的台阶下擦洗着几天前刚买回来的白色宝马车,他的父母满脸喜悦地向他走来。

甄父叹道:"终于回来了,儿子,你这日子可熬到头了!"

甄母兴奋地说:"是啊、是啊!八年了,你也该修成正果了!哎,还不知市长家的千金大小姐是何想法呢?"

甄父附和妻子道:"是啊!"

甄母向儿子出主意:"儿子,这一次你一定要想尽办法

二、山雨欲来风满楼

讨得雅琳的欢心,让她感动后就会答应你的求婚了!"

甄浩男不满:"妈,爱情是真正的用心去爱,不是靠忽悠得到的。老妈,我俩的事您就别问了!"

甄母佯怒道:"你这混小子,你妈是不懂爱情,但你妈也是为你好,希望你早日结婚生子啊!"

甄浩男笑:"妈,您又来了!"

甄父说:"可怜天下父母心,儿子,你要理解我们啊!"

甄浩男对父母开玩笑道:"知道了!你们的儿子可是大律师啊,你们就放心等着我的好事吧!"

甄浩男父母相视而笑。

甄浩男把擦车毛巾放到后备箱,打开车门高兴地坐到驾驶座上。他发动车,按下车窗玻璃对父母道:"你们回去吧!接到雅琳后,我给你们打电话。"

甄母急忙道:"接到雅琳后,你和她商量一下,这几天争取请她来咱家吃顿饭。"

"好的。"甄浩男答应一声开车而去。

甄母忐忑不安,望着儿子远去的车影叹道:"盼了这么多年,我能顺利当上婆婆吗?"

甄父担心道:"这两个孩子恋爱都八九年了,到现在也不结婚,是不是郑市长不同意啊?"

甄母低下头去叹道:"是啊!人家是风光体面的大市长,咱们老两口是开酒店和烟酒公司的小老板,门不当户不对呀!"

甄父看到甄母担心的模样,有点于心不忍,忙安慰妻子道:"别担心,现在这个社会已经不是封建社会,早就不讲究门当户对了,再说我横看竖看郑市长都不是势利之人!"

甄母依然充满担心道:"现在亲戚朋友都知道咱儿子在和市长千金谈恋爱,都对咱们高看一眼,可真要和市长做亲家,说实话,我的心中还真有点胆怯!"

甄父笑道:"你这个傲气冲天的酒店老板娘还会有胆怯的时候?"

甄母笑叹道:"这还真是第一次感到怯气!"

甄父宽慰妻子道:"好了、好了,别想这么多,今天咱们就在家安心等儿子电话吧!"

06

高速路上,一辆黑色轿车在平稳地行驶。

二、山雨欲来风满楼

车内,郑烨伟双手紧握方向盘,专注的眼神凝视着前方。他的妻子李香怡,满脸幸福地坐在副驾驶的位置。

李香怡看着他开车时认真的模样,不由自主地笑了起来,那笑容如春日暖阳,温暖而明亮。

郑烨伟不解地问:"笑什么?"他的目光短暂地从道路上移开,看向妻子,眼神中带着疑惑和好奇。

李香怡看着他的脸笑道:"你开车的样子真逗!是不是紧张得手心都出汗了?"她的语气中充满了俏皮和亲昵。

郑烨伟笑道:"怎么会呢!我可是有10年驾龄的老司机了。"

李香怡揶揄笑道:"10年驾龄的老司机是不错,可是你老人家出门天天有司机侍候着,这些年你算一算你开车的时间加起来有10天吗?"她的话语中虽然带着些许调侃,但眼神中却透露出对丈夫忙碌工作的心疼。

郑烨伟辩道:"不能按时间计算,我可是高级司机,应该按行车里程计算,无论怎么说这些年我驾车的里程累计起来也有五万公里啊!不说别的,就说咱们谈恋爱时,我开车拉着你到处转悠的里程至少也有三万公里啊!"回忆起那段甜蜜的时光,他的眼神中充满了柔情。

李香怡闭上眼睛,满脸陶醉道:"真怀念那些日子!现在的爱情有了太多玫瑰花开，让人忘了平平淡淡才是真爱。"她睁开双眸，望着车窗外飞驰而过的风景，叹气道："你现在忙得天天不着家，每次都是半夜醉醺醺地回来，天不亮就又找不到你的影子了！"

郑烨伟满怀歉意道："对不起啦老婆大人，这一段时间太忙，委屈你了。不过你放心，这一次不管多忙，我都会抽出两天时间回市里陪陪你和女儿的！"

李香怡苦笑道："说到底我们母女俩是沾了雅琳的光，现在你连亲自驾车去接她的时间都有啦！要不是雅琳回来，你这个大忙人才不会抽出时间陪我们呢！"

郑烨伟叹气道："我都一年没见到妹妹了，挺想念的！"

李香怡道："她已经在国外拿到博士学位啦，这次回来应该不会再回去了吧？"

郑烨伟说："谁知道啊！她太要强了，干什么事情都力求完美！爸爸说妹妹性格像他，将来一定会出人头地。我上次回去，听爸爸的意思好像是想让妹妹到县里去挂职当副县长，市里在引进人才方面有规定，有博士学位的可以享受副县级待遇。"

李香怡道："还是回来吧，这样一来我们全家就可以时常聚在一起了！"

二、山雨欲来风满楼

郑烨伟回答道:"是啊、是啊!我们这个大家庭确实需要团聚一下了,享受天伦之乐,沐浴在亲情的阳光下,是多么的开心幸福啊!是多么值得珍惜的事情啊!"

李香怡感慨万分道:"是的,我们现在拥有的亲情、爱情、友情、健康、平安、幸福等是最值得珍惜的。我想一辈子紧紧抓牢这些,不让它们流逝……"

郑烨伟道:"对于现在我们所拥有的,我们是应该好好珍惜,细心地呵护它,不让它失去……"

生活真的是这样,现在每个人所拥有的,就是最大的幸福,但是有很多人不明白这个道理,没有去珍惜,直到失去的时候才痛心疾首!其实幸福无所不在:拥有亲情,是幸福;拥有爱情,是幸福;拥有友情,是幸福;有钱,是幸福;有家,是幸福;有知识,是幸福;有工作,也是幸福。在每个人身边,虽说不能拥有全部的幸福,但幸福总会陪伴在身边。也许你不曾发现自己拥有幸福,因为它是那么平凡。看看自己,你拥有什么,失去或不曾拥有什么。对于失去的或不曾拥有的,我们无须叹息抱怨;对于所拥有的,我们应该倍加珍惜,细心地呵护它,牢牢地守住它。但在现实生活中,更多的时候,我们却很浮躁、很茫然地去寻找,却没有发现,自己要的东西其实就在自己的手心里。现在眼前的一切如果不去倍加珍惜的话，它就会如同流星般转瞬即逝；就会像烟花般在璀璨中结束；就会像昙花一现，也许从此不再出现。正因为太多的人一味疯狂的追求，希望得到更多更大的幸福时，换来的却是连现在拥有的幸福也被抹杀掉了……

07

郑煜辉正对着镜子精心地修剪胡子，突然他口袋里的手机响了。

郑煜辉一只手继续修剪胡子，另一只手漫不经心地掏出手机，他瞟了一眼来电显示，迟疑了一下，最终还是按下了接听键："喂，老刘，好、好，我马上到你办公室。"

此时的客厅里，依旧热闹非凡，众人的欢声笑语此起彼伏，大家仍在不遗余力地恭维着老太太。

郑煜辉从洗手间走了出来，步伐带着一丝急切。他来到老太太身边，蹲下身来小心翼翼地说道："妈，我刚接到电话，现在必须回办公室一趟，有一件重要的事情需要我亲自处理。"

二、山雨欲来风满楼

郑母故意皱了皱眉头,佯装生气道:"雅琳就要回来了,你这当父亲的就不能先见一下你女儿后再去处理工作吗?"

郑煜辉欲言又止,嘴角泛起一抹苦笑,无奈道:"妈……"

郑母看到儿子为难的样子,说:"去吧、去吧!妈知道你工作忙,天天忙得不着家,不过今天是个特殊的日子,你忙完后一定要早一点回来啊!"

郑煜辉紧紧抓住母亲的双手摇了摇,笑容中满是愧疚:"妈,您放心,儿子今天一定会早回来陪您老人家好好地吃一顿饭!今天才发现,我已经有好长时间没有陪您吃饭了,实在是儿子不孝,对不起您老人家啊!"

郑母欣慰地拍了拍儿子的手,慈爱地说道:"妈不怪你,妈理解你,工作重要,你快去吧!"

郑煜辉站起身来,目光环视众人,低声道:"大家在这儿好好玩,我先失陪一下!"说完,疾步走向客厅大门。

众人看了看郑煜辉匆忙的身影,纷纷七嘴八舌地附和道:"市长真是太忙了!"

"我们能有这么一位一心为公的好市长,这是全市人民的福气,更是我市领导干部的好榜样!"

……

郑煜辉走到客厅大门前，蓦地转过身来，深情地看了一眼正在说笑的母亲。母亲也正笑着看他，朝他摆了摆手。他转过脸去，两行眼泪不由自主地滑落脸庞。

正在替郑煜辉打开大门的小林惊讶地看着他的变化，但郑煜辉没顾得擦一下眼泪，就急匆匆地走出了家门。

这一细节，没有躲过钱飞的眼睛，从一进客厅，他一边不停地恭维老太太，一边密切关注着郑煜辉的一举一动。

钱飞满心疑虑地目送郑煜辉离开了家门，然后也站起身来向老太太告辞道："姑妈，您老别见怪，我还有急事，也要先走一步啊！"

老太太笑叹道："你们很忙！走吧、走吧，都去忙吧！"

榆美急忙站起身来，对急着要走的钱飞道："我和你一起回去吧！"

钱飞看也没看她一眼，边向外走边命令似的说道："你去干吗？留在这儿好好陪姑妈说话！"

满脸窘容的榆美又极为尴尬地重新坐回去。

王正梅看到正急匆匆向门外走的钱飞，忙问："钱飞，你这是去哪儿？吃完饭再去！"

钱飞笑道："不了，嫂子，我今天有急事，改天我请你们一家去吃大餐！"说完打开房门匆匆离开了。

二、山雨欲来风满楼

王正梅对老太太等人笑道："哎！这个钱飞今天怪怪的，以前来咱家撵都撵不走，现在倒好，急着要走，留都留不住！"

老太太对榆美叹道："生意不好做，我看钱飞压力也挺大的！榆美呀，你回去要劝劝钱飞，钱多少是多，够花够用就行了！不要那么拼命，身体最重要！"

榆美默默点了点头。

08

车内，钱飞心烦意乱地望了望窗外的天空。

晴空万里的天空已不复存在，刚才满天的蔚蓝此时仿佛变成了一块大黑幕，洁白的云朵也化为团团乌云，越来越低，越来越浓，眼看就要下雨了……

钱飞皱了皱眉头骂道："妈的，这鬼天气，说变就变！"

司机小心翼翼地问："钱总，去哪里？"

钱飞大声对他嚷道："去别墅！"

天气正如钱飞说的说变就变。刹那间，狂风大作，还伴有几声炸雷，整个天空仿佛被撕裂了几半，又像随时要崩塌下来，接踵而至的是疯狂的大雨直泻下来。风追着雨，雨赶着风，树木被风吹得东倒西歪，仿佛要被连根拔起。狂风卷着暴雨像无数条鞭子，狠命地抽打在汽车的玻璃上。虽然开了大灯，可汽车仍然只能在雨中缓慢地、像蜗牛似的爬行。

无奈之下，钱飞让司机把车停在路边。

雨来得急去得也快，一会儿工夫，暴雨骤停，天空上的乌云渐渐散去，几朵浮云飘过。

汽车载着钱飞向别墅疾驰而去。

09

郑煜辉在江丰市纪委书记刘伟轩办公室门外停留了一下，最终还是心事重重地敲了几下门。

门开了，是刘伟轩亲自打开的。

看到郑煜辉走进来，办公桌对面沙发上坐着的三位男同志都站了起来，刘伟轩向他介绍其中一位戴着眼镜的高个子中年男人说："郑市长，这位是省纪委专案组的苏利主任。"

二、山雨欲来风满楼

郑煜辉忙和苏主任握手,二人互相问好。

刘伟轩接着又向他介绍另外两位同志:"这两位是专案组的同志。"

郑煜辉心里"咯噔"一下,他面色凝重,分别与他们握了一下手,极不自然地坐在了茶几旁的沙发上。他一边从茶几上随手拿起一本杂志,一边向省纪委的苏利主任说道:"苏主任,有什么事你们说吧!"

苏利主任严肃地说道:"郑市长,我们正在办理一个案子,其中有一些问题涉及你,请你配合我们了解一下情况。"

郑煜辉几乎僵住了,凭他对纪委工作的了解,纪委如果不掌握他违法乱纪的某些东西,决不会以这种方式约他谈话的。他手中的杂志"啪"的一下掉在了地上,紧张地问道:"这么说,是对我实行……"

苏主任和另外两位专案组人员点了点头,接着一位专案组同志向他宣读了留置决定,并让他在文件上签上了名字。

胆战心惊地签上名字后,他满脸痛苦悲伤,双手抱头,深深地把脸埋下去。

此时的办公室内寂静得可怕,几张面色复杂的脸都在默默地注视着他。

|人生不能重来

专案组同志正准备带他离开时，郑煜辉抬起头来，恳求他们说："我能不能给家里人打个电话？"

专案组两位同志互相看了一眼，然后又把目光都转向了苏利主任。

苏利主任沉默了片刻，摇摇头说："对不起，这不符合规定。"

刹那间，郑煜辉的脸色变得煞白，痛苦、后悔和无奈如潮水般涌上心头。

他的眼前不断浮现出家人的面孔，老母亲那慈祥却又孱弱的模样，妻子平日里操持家务的辛劳，女儿的乖巧，儿子的朝气，儿媳的温婉，还有孙女那稚嫩的笑容。

尤其是想到时常生病的老母亲，他的心都要碎了。母亲总是念叨着他，盼着他能在身边陪伴。而如今，自己身处此地，却连一句问候都无法传达。

郑煜辉的泪水在眼眶中打转，却强忍着不让它落下。他懊悔万分，恨自己为何会陷入这般境地，让家人为他担忧。他多么希望能立刻飞到母亲身边，告诉她自己一切都好。他紧攥着拳头，身体止不住地颤抖，内心被深深的自责所吞噬。

三、谁怜憔悴更凋零

01

郑家客厅内热闹非凡,几个客人正陪着老太太打着麻将,其他人围在老太太身边观看,王正梅和郑凌薇则坐在沙发上看电视。

老太太正与众人聊得兴起,突然,她感觉心跳加速,胸闷不适,忙用手捂住胸口,对王正梅说道:"我这心不知怎的,跳得厉害。"

王正梅关切地问:"妈,您是不是累了?"

老太太轻叹了口气,说:"也许吧!这眼瞅着快到饭点儿了,雅琳也快回来了,你催催煜辉,他要忙起来会忘记时间的,让他尽快回来一起吃饭!"

王正梅点点头,拿起手机拨打郑煜辉的电话,可电话那头传来的却是关机的提示音。她不死心,又连着拨打了好几次,结果依旧如此。王正梅愈发焦急,自言自语道:"老郑手机怎么关机了?不会出什么事了吧?"

老太太听了儿媳的话,心一下揪了起来,急切地说道:"你快给小杨打电话问问!"王正梅赶忙拨打秘书小杨的号码,电话通了,却始终无人接听。

此时,老太太的脸色愈发难看,双手紧紧攥着衣角。王正梅急得在客厅里来回踱步。

原本热闹的客厅因为这突如其来的状况变得气氛紧张。众人察觉到了异样,却又不知如何开口询问。

王正梅勉强挤出一丝笑容,对众人说道:"实在不好意思,家里有点急事,今天就先这样,改天再请大家一起聚。"众人面面相觑,虽满心疑惑,但还是纷纷与王正梅和老太太道别后离开。

客人走后,客厅里只剩下郑母、王正梅和郑凌薇。郑母一脸忧愁,嘴里不停念叨着:"这可如何是好,千万别出什么岔子。"王正梅在一旁安慰着,可自己心里也是忐忑不安。

三、谁怜憔悴更凋零

郑凌薇不知发生了什么事情,看到太奶奶回房间了,她也微笑着跟了过去。

在卧室,老太太伫立窗前双手合十,两只眼睛紧闭着,低声祈祷:"观音菩萨保佑,千万别出什么事情!"

郑凌薇站在她身后好奇地问道:"太奶奶,您在做什么呀?"

老太太没有回答,依旧双手合十,嘴里不停地祈祷。

客厅内,王正梅焦急不安,不停地来回走动着。这时手机突然响了,她迅速按下了接听键:"喂!"

话机里传来一个男低音:"王姨,我是小杨!您刚才打我手机了?"

王正梅忙道:"是的,小杨,我刚才打老郑电话一直打不通,你们在一起吗?"

小杨道:"没有啊!"

王正梅紧张地问:"老郑怎么了,是有什么事吗?"

小杨沉默片刻,没有回答。

"小杨,你还在吗?说话呀!"王正梅催问道。

"王姨,我也是刚听说郑市长被专案组的人带走了……"

王正梅惊叫道:"被专案组的人带走了?!"话没说完,

她的泪水夺眶而出。

老太太听到儿媳说"被专案组的人带走了"几个字后，一下子栽倒在地上。

正在玩耍的郑凌薇惊叫起来："太奶奶，您怎么了？奶奶、奶奶快来啊……"

听到郑凌薇的喊声，王正梅来不及擦眼泪，急忙向老太太房间跑去。

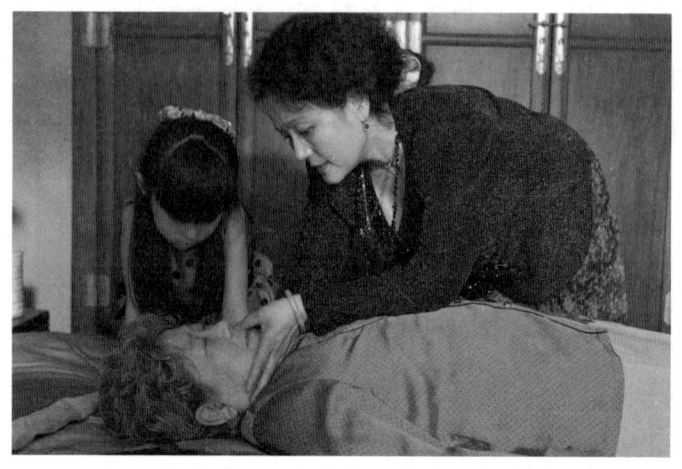

老母亲听到儿子被专案组带走后惊愕晕倒

老太太房间的门虚掩着，王正梅推门而进，眼前的情景让她大吃一惊：老太太躺在地上双目紧闭，小凌薇正抱着她的胳膊不知如何是好。

三、谁怜憔悴更凋零

王正梅急忙蹲下身来,抱住老太太的头,掐住人中,大声喊道:"妈,您醒一醒,醒一醒!"

02

郊区的一座山下,二十几座别墅依山而建,整体景观设计独具匠心,通过一轴一水两区式设计而形成围合式庭院景观,营造出"一步一景,步移景异"的视觉效果。整个别墅区绿化采用多种灌木、乔木和绿地植被,采用了多层垂直绿化概念,赏花观形看叶,四季美景不同。高密度的绿化景观,使得整个小区相当于一座天然氧吧,让每家住户都能呼吸到清新、健康的空气。

钱飞坐在自家别墅院内的石凳上,头斜靠在一棵银杏树上,一个妖艳的美女偎依在他身旁。

这个美丽女孩叫魏青青。她身高一米七多,身材修长挺拔且曲线优美。一张弹指可破的俏脸之上,一双水汪汪的大眼睛波光流动,微笑起来就露出两个浅浅的酒窝,娇俏可爱。此时的她身着粉色的短裙,纤腰看起来盈盈一握,衬托得她的身材更加曼妙而充满撩人的气息。

魏青青不满地看着钱飞道:"半天不吭声,你倒是说话啊!难道我们束手就擒?"

钱飞不停地抽烟,半响道:"束手就擒?先把他们的手绑住,看看谁擒住谁!走!"钱飞把烟头狠狠地扔在地上,起身就向外走去。

魏青青追上去问道:"你有什么办法?你倒是先跟我说说呀!"

钱飞阴沉着脸道:"这年头,只要有钱,就没有办不成的事……"他把手捂在魏青青的耳边小声嘀咕起来。

魏青青脸色骤变:"啊?这能行吗?"

钱飞冷笑道:"有钱能通神,你瞧着吧!"那话语中透着一股让人不寒而栗的冷意。他的眼神阴鸷,嘴角勾起的那抹冷笑仿佛带着无尽的狡黠与张狂。

03

高速路上,一辆黑色轿车在急驶。

车内,郑烨伟哼着歌曲开着车,李香怡坐在副驾驶,闭着眼睛静静地听丈夫唱歌。

三、谁怜憔悴更凋零

"好听吗?"郑烨伟问道。

"悦耳动听!"李香怡赞道。

"那当然,当年我可是大学校园演唱团团长啊!你别忘了,我就是用歌声打动了你的芳心!"郑烨伟洋洋得意地笑道。

"看你那得意的样子!"李香怡温柔地笑道。

"问世间,情是何物,直教生死相许。天南地北双飞客,老翅几回寒暑。欢乐趣,离别苦,就中更有痴儿女。君应有语,渺万里层云,千山暮雪,只影向谁去?"郑烨伟充满深情地唱着,悦耳的男中音在车内回荡。

李香怡接着唱道:"横汾路,寂寞当年箫鼓,荒烟依旧平楚。招魂楚些何嗟及,山鬼暗啼风雨。天也妒,未信与,莺儿燕子俱黄土。千秋万古,为留待骚人,狂歌痛饮,来访雁丘处。"

郑烨伟叹道:"这首词是咱俩在大学时最喜欢的!"

李香怡深有同感道:"是啊!当初老师在分析元好问写这首词的背景时,我被感动得热泪盈眶!"

"当年元好问去并州赴试,途中遇到一个捕雁者。这个捕雁者告诉元好问当天遇到的一件奇事:他当天设网捕雁,捕得一只,但另一只脱网而逃。岂料脱网之雁并不飞走,而是在上空盘旋一阵,然后投地而死。元好问看着捕雁者手中的两只雁，一时心绪难平，便花钱买下这两只雁，之后把它们葬在汾河岸边，垒上石头作为记号，叫作'雁丘'，并写下了这首《雁丘词》。"郑烨伟赞叹道。

李香怡顺着丈夫的思绪道："遥想双雁，冬天南下越冬而春天北归，'几回寒暑'中双宿双飞，相依为命，一往情深。既有欢乐的团聚，又有离别的辛酸，但没有任何力量可以把它们分开。而'网罗惊破双栖梦'后，爱侣已逝，安能独活！于是'脱网者'痛下决心追随于九泉之下，'自投地死'。"

郑烨伟道："古人认为，情至极处，'生者可以死，死者可以生'，'生死相许'是何等极致的深情！"

李香怡叹道："古人为情生死相许，孤雁为情投地而死！我们现代人呢？社会在不断进步，爱情却在不断退步，真爱在这个社会似乎越来越少了，越来越多的人已不再相信海誓山盟，不再相信地久天长！"

"香怡，你怎会有如此感慨，咱们的爱情还不够感天动地呀！这几年因公司的事情，我没有时常陪伴在你身边，但我的心中始终只有你一个人，而且我向你保证这一辈子就只有你一个女人！"郑烨伟向妻子保证道。

李香怡苦笑道："若在先前，你这一席话一定会让我感

三、谁怜憔悴更凋零

动得一塌糊涂,可现在我心中竟没泛起一丝涟漪,这说明我的心态也变了,这是很可怕的呀!"

"这都是男女平等惹的祸,你们女人现在不再锁在深闺,而是和男人们一样在社会上打拼,有诸多事情缠绕在身,爱情已经不是你们的全部,从另一个方面来说,你的心态已经成熟了,不再是先前那个老爱哭鼻子的小女人了,是不是啊,李总?"郑烨伟开玩笑道。

李香怡轻轻拍打一下丈夫,笑道:"你这家伙又取笑我!我这一年多也在反思,自己究竟在做什么,我的路好像和大学时的理想背道而驰了!"

郑烨伟认真地说道:"你文思敏捷,感情细腻,适合当大学老师或者作家,我现在也后悔让你步入商海了!"

李香怡有点伤感:"平平淡淡才是真啊!烨伟,我太想念凌薇啦!雅琳这次回国后如果能留在父母身边,咱们就把凌薇接到省城去上学,好吗?"

郑烨伟点了一下头:"香怡,这几年咱们两个工作都很忙,凌薇自小跟着爸妈长大,是爸妈的心头肉,好在爸爸过几年就退休了,到时我游说他们,让他们也搬到省城和咱们住在一块儿,这样咱们一家就团圆了!"

李香怡赞道:"好主意!现在我也不忍心让凌薇离开爸

妈到省城上学。哎，对了，我估计雅琳的那位痴心男友今天也会来接她，咱们可不要当电灯泡哦！"

郑烨伟恍悟道："哎呀！你不说我倒差点把甄浩男这家伙忘了！他可是雅琳的铁杆追随者，从大一开始追雅琳，雅琳出国后他一直在苦苦地等她回来。"

李香怡笑说："雅琳也不小了，这次回来说不定他们就要结婚了！"

郑烨伟道："但愿！他们相恋已经八年多啦！对啦！说不定这小子早跑到机场了。你用我的手机给他打个电话，问他到机场没有。"

李香怡刚拿起郑烨伟的手机，手机就响了。她看了一下来电，对郑烨伟说道："是家里的电话，可能是妈妈询问我们接到雅琳没有。"

郑烨伟忙说："快接听，告诉她我们马上下机场高速，两个多小时后就到家，不会耽误吃午饭的。"

李香怡刚接听电话，手机里传来一阵哭声。

李香怡惊讶地对郑烨伟说："奇怪，妈妈怎么哭了呢？"

郑烨伟一愣："什么？妈妈哭了？怎么会呢！妹妹回来她高兴还来不及，怎么会哭呢？你有没有听错？"

李香怡按了免提，手机里清晰地传来王正梅的哭声。

三、谁怜憔悴更凋零

郑烨伟急忙把车停在了紧急停车道上，对着手机大声喊道："妈妈，您怎么了？"

"烨伟，你——你爸出事了，被带走啦！你奶奶也晕倒了……"

郑烨伟大声说道："妈妈，你别急，你说清楚，到底是怎么回事？"

听着王正梅语无伦次的诉说，车内的二人脸色愈发凝重起来。

挂了电话，郑烨伟双手抱住头，把脸贴在了方向盘上痛苦地说："怎么会这样啊！怎么会这样啊！"

李香怡劝慰他："别着急，事情总会有解决办法的！"

郑烨伟急道："我能不急吗？奶奶都那么大年纪了，怎能受得了这么大的打击啊！我现在恨不得飞到她们身边。"

李香怡理解他此时的心情，她默默拿出手机，拨给甄浩男，简单交待了一下去机场接雅琳的事情。挂了电话，她轻声对郑烨伟说道："你慢点，注意安全！"

郑烨伟丝毫没有理会李香怡的劝告，轿车依旧风驰电掣，急如闪电。车窗外的景物飞速后退，仿佛时间都被甩在身后。引擎的轰鸣声像是愤怒的咆哮，宣泄着郑烨伟内心难以名状的急切与冲动，仿佛一切阻拦在他面前的，都会被这疾驰的轿车无情地冲破。

04

机场大厅国际到达口，熙熙攘攘，人流如潮。甄浩男踮起脚尖，焦急地向里面张望着，突然他兴奋地伸出一只手摆动着喊道："嗨！雅琳，我在这里，在这里！"

手推行李车的郑雅琳上身穿白色衬衣，下身穿黑色瘦腿裤，腰束白色腰带，在来来往往的人群中显得格外青春靓丽。她一米七二，有着傲人身材，皮肤白皙，五官端正，眉清目秀，加上受过高等教育，浑身上下洋溢着独特的气质与自信。

郑雅琳抬头看了看甄浩男，微笑着向他走来。

二人拥抱在一起。

甄浩男在郑雅琳耳边喃喃道："真的好想你啊！"

郑雅琳不好意思地打了他一下，低眉浅笑。

甄浩男推着行李车笑问："雅琳，你不想我吗？"

郑雅琳深情地看了他一眼反问道："你说呢？"

甄浩男激动地吻了一下她的面颊，一手推着车一手搂

三、谁怜憔悴更凋零

着她的腰向前走去。

郑雅琳环顾了一下四周来来往往的人群,突然挣脱了甄浩男的手问道:"哥哥在我上机前打电话说要亲自来接我,怎么没看到他的影子?"

甄浩男回答道:"你看我见到你一激动差点忘记告诉你了,刚才你嫂子打电话说他们临时有点急事来不了啦,吩咐我当好护花使者,把你安全护送到家。"他吐吐舌头笑道,"这样不正好吗?"

郑雅琳不满地噘起嘴,嗔怪道:"我哥哥和我爸爸一样都是工作狂,说好和嫂子一起来接我又不来啦,真不靠谱,回去后一定罚他请咱们吃大餐!"

甄浩男则笑嘻嘻地回应:"我想他们是怕当电灯泡,故意找借口说有事不来接你了。这正合我意,我应该感谢他们,回去后我请他们吃大餐才对啊!"

说完,二人对视一眼,眼中满是甜蜜与默契。

05

老太太卧室内,气氛凝重,她虚弱地躺在床上,双目

| 人生不能重来

紧闭,面容憔悴。

王正梅轻柔地拿着毛巾,小心翼翼地搭在老太太额头上。

郑凌薇则双手紧紧地握住老太太的一只手,眼眶泛红,双目含泪担忧地望着她。

老太太无力地睁开双眼问王正梅:"烨伟他们回来了吗?"

王正梅回答道:"快了,快回来了!"

郑凌薇问道:"太奶奶,您好一点了吗?"

老太太皱了皱眉头:"小乖乖,太奶奶好啦!"

郑凌薇转向王正梅问道:"奶奶,太奶奶都生病了,爷爷怎么还不回来?您快给爷爷打电话让他回来啊!"

老太太听后心如刀绞,转身翻向床的里侧,泪流满面。

王正梅扭头转向一侧,泪水夺眶而出。

郑凌薇小心爬到床的里侧,静静地躺在了太奶奶的胳膊上。

老太太满脸忧色,双手颤抖着把郑凌薇紧紧搂在怀里。她的心如同被重锤狠狠砸过,疼痛而又慌乱。她无法抑制自己的恐惧与不安,只能在心里不停地念叨着:"老天保佑,我的孩子们,可千万不能有什么闪失,一定要平平安安的!"

三、谁怜憔悴更凋零

老太太痛苦不堪地搂着可怜的郑凌薇

06

高速路上,郑烨伟垂头丧气地开着车,悲痛地说道:"一切都完了!"

李香怡吃惊地望着他,问道:"难道你也……"

郑烨伟回答道:"父亲一定会死保我,把一切责任都揽到他自己身上的,但是我怎能忍心让父亲承担一切罪责呢!"

李香怡痛苦地闭上了眼睛,喃喃地说:"我们都不自觉地走上了不归路!"

郑烨伟急问:"难道你……"

李香怡哭泣道:"公司有几件事情是我让表叔办的,我也多次接受了他送来的东西,我以为事前他跟你打过招呼,所以就没有对你提起这些事情!"

郑烨伟惊叫一声:"你说的是表叔?"

"呲"的一声,小轿车来了个急刹车,停在了紧急停车道上。

07

高速路上,一辆白色小轿车在行驶。

车内,甄浩男、郑雅琳二人情意融融,谈笑风生。

甄浩男满是深情地问道:"雅琳,你这次回来别再走了,行吗?"

郑雅琳答道:"不行啊,我还需要回去……"

甄浩男急忙打断她的话:"你已经取得了博士学位,还回去干嘛啊?"

郑雅琳不语,抿嘴而笑。

甄浩男顿悟道:"呀,你这个小精灵是在骗我吧!你看我紧张得手心都出汗了!"

郑雅琳笑问:"你紧张啥?"

甄浩男长叹一口气:"你明知故问啊!转眼间你出国已经五年,读完硕士又接着读博士,我知道你有你的理想和抱负,我不能羁绊着你的脚步,但我控制不了自己日日夜夜对你的思念啊!"

"两情若是久长时,又岂在朝朝暮暮!"郑雅琳微笑着说道。

甄浩男苦笑道:"雅琳,你不会像苏小妹考验秦少游一样也在考验我吧?就算考验我,这时间是不是也太长了,从大二开始恋爱,到如今已经八年了,及格不及格给个回话呀!"

"怎样,是不是想退出?"郑雅琳歪着头问道。

"誓将爱情进行到底!"甄浩男举手发誓道。

郑雅琳看到他认真的模样,不由得还想逗他:"咱们同学给我打电话说,你现在是牛股,好多女孩子都在拼命追你啊!"

"呵,说实话这也是真的!可是,除却巫山不是云,这个世上,除你之外,再也没有能使我动情的女子了!"甄浩男真诚地表白道。

郑雅琳娇羞地抿嘴一笑,低下头去。

甄浩男一只手开着车,一只手趁势抓住郑雅琳的手,激动地说道:"雅琳,嫁给我吧!"

郑雅琳想挣脱他的手,但甄浩男握得好紧。

郑雅琳冲他甜甜一笑道:"甄浩男,把手放开,好好开车,注意安全!"

"你要不答应,我就不放开,不能再让你离开我了!"甄浩男孩子气地说道。

"有你这样求婚的吗?最起码也要有一束玫瑰花啊!"郑雅琳双颊绯红,眼眸含情,声音轻柔而温婉地说道。那语气里带着几分娇嗔,却又透着掩饰不住的甜蜜。

甄浩男的脸上绽放出如阳光般灿烂的笑容,整个人仿佛置身于幸福的云端,心也随之飘飘然,陶醉在这美好的瞬间。

08

殡仪馆门口,一辆黑色的轿车悄然无声地停了下来。

三、谁怜憔悴更凋零

车后排座位上,魏青青娇柔的身躯正斜靠在钱飞身上。

司机神色恭谨,小心翼翼地说道:"老板,到了!"

魏青青微微抬起头,望了一眼钱飞,那眼神深不见底。

钱飞抬头对司机说道:"你先下去,谈好了给我打电话!"

司机闻言,赶忙下了车,并轻轻地关上车门。下车后的他东张西望一番,放心后才迈着有些急促的脚步走进殡仪馆。

车内,魏青青和钱飞压低声音窃窃私语起来,气氛显得有些神秘。

09

在郑家那布置得温馨典雅的客厅内,王正梅正孤独地坐在沙发上,神情木然,目光空洞,整个人仿佛陷入了深深的沉思之中,对外界毫无反应。这时,门铃清脆地响起,声音在空旷的屋内回荡,但她似乎完全没有听到这急促的声响,依旧如雕塑般静止不动。

保姆小林正在厨房内忙碌,听到门铃声后,匆忙放下手中的活计，小跑着冲了出来，迅速打开门。

只见郑雅琳和手里推着两只行李箱的甄浩男站在门口，脸上洋溢着归家的喜悦。王正梅看到女儿的刹那，像是被突然注入了活力，激动地站了起来，脸上的阴霾瞬间消散，取而代之的是无尽的欢喜。她迫不及待地向女儿伸出双手，眼中满是慈爱与期盼。

郑雅琳宛如一只欢快的小鸟，欢笑着、飞奔着扑进了母亲温暖的怀抱，撒娇道："老妈，我想死你了！"那清脆悦耳的声音中饱含着浓浓的思念与眷恋，让王正梅的眼眶瞬间湿润，她紧紧地拥抱着女儿，仿佛要将这段时间的思念都融入这深情的拥抱之中。

王正梅拍拍女儿的肩膀，正欲说话，发现甄浩男正微笑着站在一边，她强挤出笑容："浩男也来了，快坐下吧！"

"阿姨好！"

郑雅琳上下打量着母亲，忍不住问道："妈，您是不是有些不舒服？"

王正梅支支吾吾："没事，就是有点头晕，很快就好了！对了，你哥哥嫂子怎么没和你们一起回来？他们也去机场接你了啊！"

郑雅琳奇怪地望着母亲，反问道："我正想问您呐，他们打电话给浩男说临时有急事不能去接我啦,我以为他们早就到家了呢!"

王正梅满脸狐疑:"不对,我先前给他们打电话,他们说……"

郑雅琳开心笑道:"妈,您别担心,我哥哥是个工作狂,说不定他们公司又有其他事情,他又转回去处理了!哥哥也真是的,不接我就算了,也不早点回家等着我,等他们回家我一定得罚他们喝一杯。"

王正梅担心地问道:"他们不会有什么事吧?雅琳你快给你哥哥打个电话。"

郑雅琳疑惑道:"妈,您今天是怎么了?魂不守舍的!爸爸呢?他昨天不是说今天早点下班回家等我吗?奶奶和凌薇呢?他们都去哪儿了?"

王正梅不敢正视女儿的眼睛,低下头去说:"你爸爸说他有急事暂时不能回来,你奶奶身体不太舒服,正在房间休息呢!"

郑雅琳对甄浩男说道:"浩男,你给我哥哥打个电话,我先去看一下奶奶!"

王正梅急忙拦住女儿道:"你先陪陪浩男吧!我去喊你奶奶和凌薇起来吃午饭。"说完她急忙向老太太房间走去。

回国后的郑雅琳感到母亲的表情很奇怪

郑雅琳看着母亲的背影，若有所思。

甄浩男拿着手机对郑雅琳说道："无法接通。"

郑雅琳疑问："无法接通？"

10

老太太正躺在床上，郑凌薇躺在她的臂弯中熟睡。

王正梅推门进来，蹲在老太太床头前轻轻地叫道："妈、妈。"

三、谁怜憔悴更凋零

老太太紧闭着双眼没有回答，满是皱纹的脸愈显苍老。

王正梅悲伤地说道："妈，我知道您心里很痛苦，我和煜辉对不起您啊！雅琳回来了，我还没有对她说她爸爸的事情，虽然迟早她会知道，但我还是想让她能笑着吃完回国后的第一顿饭。妈，我求求您……"

老太太迟疑了一下，艰难而小心地把压在凌薇身下的胳膊抽了出来，咬了咬牙强撑着坐了起来。

王正梅搀扶着老太太走进客厅。

郑雅琳正坐在沙发上和甄浩男谈笑风生，看到老太太进来，从沙发上一下子弹了起来，欢呼道："奶奶。"然后扑上前去紧紧搂住老太太。

老太太强挤出一丝笑容，拍了拍郑雅琳的后背连声道："回来就好，回来就好！"

郑雅琳握住奶奶的双手打量着："奶奶，您看起来好像精神不太好，要不要去医院看看医生？"

老太太回答道："不用，一点小毛病。你一回来，奶奶什么病也没有了！"她招呼站在一边的甄浩男道，"浩男，来来来，你们别站着，都坐下。"

"好，谢谢奶奶！"

几个人依次坐了下来。

王正梅问郑雅琳道:"给你哥哥打通电话了吗?"

郑雅琳道:"没有,他的手机一直无法接通。"

王正梅急忙问道:"打你嫂子的手机没有?"

郑雅琳不满地说:"也打了,关机!这两个人怎么回事?"

老太太不解地问道:"你哥哥嫂子不是去接你了吗?你们怎么没有一起回来?"

郑雅琳答道:"他们在电话里说临时有事不能接我了,我以为他们早回到家里了!"

老太太看了看王正梅。王正梅也满脸焦急,担忧地看向她。

餐厅内,老太太、王正梅、郑雅琳、甄浩男围坐在餐桌前,老太太和王正梅各怀心事。

王正梅暗暗地心想:"我真不该那么着急地告诉烨伟他父亲出事了,那孩子从小就性子急躁,可千万别出什么事情啊!"

老太太满脸焦虑,不停地用手捂住心口。

郑雅琳看了看母亲和奶奶,知道她们又在担心哥哥和嫂子啦!她笑着对正在客厅里收捡垃圾的小林道:"小林,去奶奶房间把凌薇叫醒,来这儿一起吃饭。"

小林答应道:"好。"转身去了老太太房间。

三、谁怜憔悴更凋零

郑雅琳对母亲和奶奶说道:"不用担心他们啦!说不定他们一会儿就回来了!"

王正梅叹气道:"已经下午一点多啦!妈,我看咱们不用等他们了,咱们先给雅琳接风,待他们回来后,让他们再给雅琳补一次大餐。"

郑母木讷地点了一下头。

小林揽着双手揉着眼睛的郑凌薇走进餐厅。

郑凌薇突然看到坐在餐桌前的郑雅琳,兴奋地跑来欣喜地叫道:"姑姑、姑姑!"

郑雅琳站起身来,一下子把小凌薇搂在怀中叫道:"我的小宝贝!"

小凌薇高兴地几乎要跳起来。

11

傍晚,城市的天空像拉开了一张黑色的幕布渐渐暗下来,喧嚣的车水马龙和绽放的霓虹灯,编织着城市的迷离之美,而空气中夹杂着菜肴的香味,对匆忙赶路的人们来说不仅是一种嗅觉考验,还是一种触觉、心理考验,谁不想尽情尽早享受忙碌一天后温暖的、踏实的、团圆的氛围呢？

老太太、王正梅、郑雅琳、甄浩男、郑凌薇都围坐在餐桌旁，个个愁容满面。

郑雅琳不满地问道："哥哥嫂子这是咋回事啊，这都到晚上了手机还是打不通，他们公司同事说也没见他们回公司，还有我下午打了几次爸爸的手机也是一直关机，就算他开会，这个时候也该散会了！"

郑凌薇也附和着："都到吃晚餐的时间了，爸爸妈妈怎么还不回来？爷爷怎么也不回来啊？"

甄浩男宽慰大家道："大家别着急，他们也许真的有事，一时走不开！"

老太太和王正梅忧心忡忡，不敢直视郑雅琳询问的眼睛。

客厅的电话铃声突然响起，小林急忙去接电话："喂，你好！对，对！是郑烨伟父母的家。"

老太太和王正梅满脸狐疑地望着小林。

小林惊叫道："什么？车祸？不，我是他家保姆，好，好，我让他的家人接电话。"

听到小林的一席话，老太太、王正梅、郑雅琳、甄浩男满脸惊愕，小凌薇不明白发生了什么事。

三、谁怜憔悴更凋零

小林跌跌撞撞跑来,结结巴巴道:"阿姨,烨伟哥出——出车祸了,接——接电话。"

老太太和王正梅一下子站了起来。

老太太表情木然,步履蹒跚地走向她的房间,喃喃道:"这个家败了、败了、败了……"

王正梅大叫道:"不!"她发疯般地冲向电话机。

郑雅琳、甄浩男、小林急忙跟了过去。

餐厅内,只留下一脸茫然的郑凌薇看着一大桌子丰盛的晚餐发呆。

客厅内,王正梅一把抓起话筒,语无伦次道:"什么,你说什么,我儿子怎样了?他怎样啦?"

话筒里传来一男音:"对不起,请您节哀!您儿子在白县境内出了车祸,您儿子……"

王正梅大吼道:"车祸?我儿子怎么会到白县啊,他怎么了?"

话筒里的声音在继续:"您儿子、儿媳当场死亡!我们根据车牌号找到车主公司才得知您儿子今天开车离开公司,高速路收费站的摄像镜头拍下的录像我们也调看了,这辆车过收费站时显示的图像确实就是您儿子和儿媳。我们也找了您儿子公司的大客户来辨认过,确认无疑,请你们速派人到白县来办理他们的后事……"

王正梅没有听完对方说什么,双手打颤,话筒不由自主滑落在地。

话筒里传出:"喂,喂……"

呆站在一旁的甄浩男忙拣起话筒道:"知道了,我们马上赶过去。"

王正梅接到儿子出车祸的消息……

王正梅泪如泉涌,身体摇摇晃晃,差一点栽倒在地。郑雅琳急忙扶住王正梅。

小凌薇两眼含泪地走了进来,来到王正梅身边道:"奶奶,我知道车祸是啥意思,就是被车撞伤了,你告诉我,

三、谁怜憔悴更凋零

爸爸、妈妈被车撞、撞、撞伤了吗？"

王正梅紧紧地抱住小凌薇，声音颤抖，哽咽着说道："可怜的孩子！我可怜的孩子啊！你爸妈他们、他们被车撞伤了……"每一个字都仿佛带着无尽的悲痛和沉重。

郑凌薇听到这话，小小的身躯猛地一颤，"哇……我要爸爸、妈妈！"撕心裂肺的哭声瞬间响彻整个房间，那哭声里充满了恐惧、无助和对父母的深切思念。

郑雅琳、甄浩男站在一旁，双眼顿时噙满泪水，那泪水在眼眶中打转，仿佛随时都会决堤而下。他们的心如被重锤猛击，痛苦得无法呼吸。

老太太呆愣愣地坐在床上，当儿媳那句"你爸妈被车撞伤了"传入耳中，伴随着郑凌薇的哭声，她的身子猛地一颤，整个人如遭雷击。随后，她无力地趴在床上，"呜呜"地大哭起来，嘴里含糊不清地念叨着："这可怎么办，这可怎么办呐！"

四、柔肠一寸愁千缕

01

儿子、儿媳出车祸的消息,对本来痛苦万分的王正梅来说无异于伤口上撒盐,更加痛彻心扉。

王正梅强撑着的精神在瞬间垮掉,泪水倾泻而下,她用颤抖的手拉住女儿道:"雅琳,到我房间里去!"

王正梅走进卧室,再也控制不了自己的情绪,趴在床上失声痛哭起来。

郑雅琳泪流满面地问道:"妈,您能告诉我家里到底发生了什么大事吗?"

王正梅哭泣道:"妈本来不想这么早告诉你,怕你承受

四、柔肠一寸愁千缕

不了这个打击,可事到如今……"

王正梅泣不成声地把家里发生的事原原本本地告诉了郑雅琳。

郑雅琳哭道:"妈妈,我不相信爸爸是贪官,爸爸在我心目中一直是一心为民的清官,他的口碑一直很好……"

王正梅无奈地说:"哎,人是会变的!先前我也听到一些闲言碎语,也曾多次提醒你爸爸,但你爸爸这几年就没认真地听我说过一句话,我感觉他变了,但又不相信他真的变了!"

郑雅琳坚定地说:"不,爸爸一直是我学习的榜样,自从我记事以来,爸爸从来都是为工作夜以继日、废寝忘食,我不相信他会变,我一定要想办法查清楚究竟是怎么回事!"

王正梅猛然想起一件事情,急问道:"对,你不是和刘朋是大学同学吗?你可以让他打听一下情况,他父亲是市纪委书记,应该了解一些情况!"

郑雅琳点头说:"好,办理完哥哥、嫂子的事情我就去找他!"

王正梅接着对郑雅琳嘱咐道:"你哥哥、嫂子的死,现在千万不要告诉你奶奶和凌薇。你奶奶年龄大了,她承受不了这个打击。你爸爸的事已够她难受的了，如果再知道你哥嫂走了，让她怎么活下去啊！她若再问起你哥嫂，就对她说他们受了点伤，问题不是太严重但也不能轻视，必须住院接受治疗。能瞒一天是一天吧！凌薇太小，也要瞒着她……"

郑雅琳哭泣着点了点头。

02

客厅内，甄浩男正在哄着坐在他腿上低声哭泣的郑凌薇。

甄浩男强忍着泪水说："凌薇不哭，凌薇是个坚强的孩子。"

郑凌薇忍住哭泣，担心地问道："叔叔，我爸爸、妈妈被车撞伤了，他们会死吗？"

甄浩男眼圈一红，迟疑了一下答道："不会，他们不会死。凌薇是乖孩子！乖孩子不哭！"

"真的吗？叔叔不会骗我吧？"

甄浩男握住郑凌薇的手道："是真的，叔叔不骗你！"

四、柔肠一寸愁千缕

郑凌薇央求道:"那你带我去医院看他们吧!"

甄浩男的眼泪不由自主地流了下来,他急忙转过脸擦掉,拍了拍郑凌薇说道:"好、好、好,过几天叔叔就带你去医院。"

郑雅琳从母亲房间走了出来,甄浩男起身迎了上去。

郑雅琳趴在甄浩男肩膀上伤心哭泣:"怎么会这样?怎么会是这样啊!"

甄浩男拍拍她的肩膀道:"雅琳,坚强起来,现在你是奶奶和妈妈的精神支柱,你一定要坚强起来!"

郑雅琳含泪点了点头:"浩男,陪我去白县办理……"她看了一眼郑凌薇忙改口道,"陪我去白县看望哥哥、嫂子。"

郑凌薇喊道:"姑姑,我也要去、我也要去!"

郑雅琳制止道:"凌薇听话,你爸妈很快就会回来的。你若现在过去看爸妈,他们会不高兴的,因为他们现在脸上缠着纱布,样子很丑,他们怕你笑话他们哦!"

郑凌薇急忙摆手:"不,我不会笑话他们,姑姑让我去吧!"

郑雅琳的眼眶瞬间泛红,眼泪差一点又要夺眶而出。她强忍着内心的悲痛,缓缓蹲下身来,用微微颤抖的双臂紧紧抱住郑凌薇,声音难以抑制地颤抖着:"凌薇是好孩子，你在家陪太奶奶和奶奶，乖，要听话啊！"

郑凌薇小小的脸庞上还挂着泪痕，她重重地点了点头，用稚嫩却又故作坚强的语气说："好吧，我听话！"

郑雅琳望着如此懂事的小侄女，泪水再次无声地滑落脸庞。她害怕凌薇看到自己的脆弱，忙拉起甄浩男的手，急匆匆地走了出去。

刚走出院外，郑雅琳一直紧绷的情绪彻底崩溃，再也控制不住自己，"呜呜"地痛哭起来。

"别哭、别哭，凌薇会听到的！"甄浩男急忙压低声音说道，他迅速搀扶着郑雅琳，动作轻柔却又带着几分急切，把她扶进车内。

随后，白色轿车如离弦之箭般急驶而去，只留下一道尘烟在空气中弥漫，仿佛也在诉说着这无尽的悲伤。

03

甄浩男和郑雅琳走后，空荡荡的客厅只剩下了郑凌薇一个人，可怜的小女孩百无聊赖地坐在沙发上，望着天花板发呆。

四、柔肠一寸愁千缕

小林走了进来,她手里端着一个托盘,上面放了两只盛满青菜的盘子和一小碗汤,关爱地说道:"小凌薇,来,和阿姨一块去劝太奶奶吃点东西。"

郑凌薇噘着小嘴道:"阿姨,太奶奶和奶奶她们都病了吗?她们为何都不理我呢?"

小林回答道:"她们最疼你了,怎么会不理你啊!只是今天她们身体不太舒服,咱们去劝她们吃点东西吧!"

郑凌薇一跃而起:"好的,咱们一块儿去。"

老太太双目紧闭躺在床上,郑凌薇和小林走了进来。

小林向郑凌薇努了努嘴。

郑凌薇趴到郑母耳边小声说道:"太奶奶,吃晚餐了!"

老太太两只眼睛依然紧闭,没有回应。

小林走向前去道:"奶奶,您今天中午都没吃东西,晚上无论如何也要吃点东西,不然身体会吃不消的!"

郑母依旧没有回应。

小林无奈地把托盘放在了郑母的床头上,拉着郑凌薇的小手示意她离开。

小林和郑凌薇又来到了王正梅卧室门前,小林一手端着托盘,一手轻轻地敲了敲房门。

没有回应。

小林又使劲敲了几下。

依然没有回应。

小林拉了拉门扶手,房门已反锁。

小林大声叫道:"阿姨,求求您开门吃点饭啊!"

郑凌薇央求道:"奶奶,您开门,开门啊!"

小林敲门不止,但屋内一点动静也没有。

04

车祸现场,一辆警车停在路边,在灯光的照射下,一辆被烧的只剩下骨架的小轿车停在那里。小轿车旁边,并排摆放着两具盖着白布的尸骨。几位身着警服的人依然在忙碌着,有的在照相,有的在测量……

夜已沉默,天幕如墨,深邃空寂得仿佛能将一切吞噬。寥寥几颗星星点缀其中,散发着微弱而清冷的光芒,像是高高在上的旁观者,远远地观望着人世间的喜怒哀乐、悲欢离合。

一辆白色轿车从远处疾驶而来,在车祸现场戛然而止。车门缓缓打开,郑雅琳和甄浩男脚步沉重地从车里走了出

四、柔肠一寸愁千缕

来。他们的身影显得格外落寞和无助。

一名交警神色凝重地迎上前去,声音低沉地问道:"你们是郑烨伟的家人吗?"郑雅琳的双眸早已被泪水充盈,她虚弱地点了点头。

交警深吸一口气,艰难地说道:"车从山上摔下导致车内起火,火势凶猛,尸体已被烧得一塌糊涂……这是车牌照,请你确认一下是不是他们的,确认无误后我们才能把尸体运走。"说着,交警递出一块满是焦黑痕迹的车牌。

郑雅琳神情呆滞,如同失去了灵魂一般,机械地接过车牌。她的目光在车牌上定格,双手不停地颤抖,喃喃地说:"是我哥的车牌照,不、不,不可能是我哥,他的驾驶技术很好,怎么会出车祸啊!"那声音里充满了难以置信和深深的绝望。

另一名交警走上前来,轻声解释道:"据目击人证明,他是车速过快直接翻到了山下!"

郑雅琳听到这话,仿佛遭受了致命的一击,整个人摇摇欲坠。她疯狂地扔掉手中的车牌,不顾一切地冲上前,禁不住嚎啕大哭起来。她发疯似的掀开盖着尸体的白布,两张焦黑枯干的尸骨立即呈现在她的眼前。那触目惊心的景象让她的心如被万箭穿过,痛不欲生。郑雅琳扑在他们身上，声嘶力竭地大声哭喊起来："哥哥，嫂子……"她的哭声在这空旷的夜中回荡，每一声都饱含着无尽的痛苦和深深的眷恋。

甄浩男在一旁，泪水也止不住地流淌，他想上前安慰，却又不知从何说起，只能默默地陪伴着她，任悲痛在这黑夜中蔓延。

风，无情地吹过，似乎也在为这悲惨的一幕叹息。

这时，一辆轿车从远方缓缓驶来，车停下，钱飞从车里走了出来。他走到郑雅琳身边，轻轻地蹲下身说："雅琳、雅琳！"

郑雅琳抬起泪水模糊的双眼，看清来人是钱飞后，哭喊着问道："表叔，怎么会这样啊？我哥哥嫂嫂怎么会这样啊？"

甄浩男也抬起头来问道："钱叔叔，你也赶来了？"

钱飞流着眼泪回答："我已经来过一次了，是交警让我来辨认烨伟的车！"他转身又对雅琳说道，"雅琳，事情既然这样了，你也就别太伤心了，这件事先不要告诉你妈妈和你奶奶，她们会受不了的！"

郑雅琳哭着说："奶奶还不知道，可是我妈已经知道了，我妈、我妈……"

四、柔肠一寸愁千缕

郑雅琳泣不成声。

"别再哭了,现在处理事情要紧!"这儿就交给我处理吧!你们尽快赶回家看着你妈妈,可别让她想不开啊!"

郑雅琳哭着固执地说道:"我要守着我哥……"

钱飞劝说道:"乖,听话,你要真想为你哥嫂做点事情,明天就去帮他们选一块墓地吧!"

甄浩男迟疑一下说:"是否让阿姨见他们最后一面再火化?"

钱飞叹道:"还是不见为好,你阿姨会受不了这种打击的!"

郑雅琳哭泣道:"是的,不见也罢,不见也罢!妈妈会受不了的!"

一名交警看到郑雅琳的情绪稍微平静一点,他手里拿着一个单子对她说:"请你在这上面签个字,我们做完DNA鉴定后,你们才能把尸骨领走办理后事。"

钱飞问道:"家属已经确认,怎么还要做什么DNA鉴定?"

"这是程序。"交警对钱飞回答道,然后面向郑雅琳:"请你签字吧!"

"人都死了还走这些程序干嘛呀!"钱飞对郑雅琳关切

地说道:"雅琳,我看咱们还是别再做什么鉴定了,为你哥哥、嫂子选块墓地尽快让他们入土为安吧!"

交警回答道:"不行,这是程序,请你们配合,结果出来后我们会通知你们前来认领的。"

郑雅琳看了看甄浩男,他对郑雅琳点了点头,于是郑雅琳用颤抖的手在交警指定单子的位置上签上了自己的名字。

05

此时的王正梅在卧室内,宛如一尊失去了生机的雕塑,呆坐在床上,目光空洞无神,整个人沉浸在深深的自责与懊悔之中。突然,她像是被一股无形的力量驱使,扬起手狠狠地扇了自己一记耳光,那清脆的响声在寂静的房间里显得格外突兀:"我为什么这么早就告诉儿子?!"

王正梅仿佛陷入了疯狂的自我惩罚,接着又左右开弓扇了自己几记耳光,嘴里不停地念叨着:"我为什么这么早告诉儿子?!我为什么这么早告诉儿子……"她的声音一次大过一次,起初还带着些许理智的克制,到最后已完全歇

四、柔肠一寸愁千缕

郑母在跪求上天保佑儿子平安

斯底里,那绝望的嘶吼仿佛要将内心的痛苦全部释放出来;又如受伤的野兽在深夜里的哀鸣,充满了无尽的悔恨与痛苦。

客厅内,小林搂着郑凌薇斜躺在沙发上。郑凌薇已经睡熟了,她的呼吸均匀而平静,仿佛忘却了外界的一切烦恼。小林也连连打着哈欠,眼睛里布满了血丝,却依旧强撑着精神,守护着身旁的孩子。

老太太穿着一双略显陈旧的拖鞋,脚步蹒跚,晃晃悠悠地走了出来。她那饱经风霜的脸上写满了痛苦和忧虑,看了一眼熟睡中的郑凌薇,苍老憔悴的面容抽动了一下,似是心疼,又似是无奈。然后,她没有丝毫停留,径直向外走去。

她来到院子的假山后,缓缓地屈膝跪地。月光洒在她身上,映出她那孤独而又虔诚的身影。老太太双手合十,紧闭双眼,嘴里不停祷告:"煜辉他爸,我不相信咱们儿子会是贪官,请你在天之灵保佑他早点回家,保佑咱们孙子、孙媳早日康复。"她的声音颤抖而又恳切,饱含着一位母亲对子女深深的牵挂和期盼。

客厅的挂表指针无情地转动着,显示已经是午夜十二点半。整个世界仿佛都陷入了沉睡,惟有这一家人,被痛苦和忧虑紧紧缠绕,无法挣脱。

06

一辆白色小轿车从远处驶来,停在郑家大门前。

四、柔肠一寸愁千缕

郑雅琳、甄浩男从车中走出来。

郑雅琳伤心地对甄浩男说:"谢谢你浩男,今晚若不是你跟我一起去处理哥嫂的后事,我真的不知道该怎么办!没想到我的哥哥嫂嫂会这么悲惨地离开这个世界!"

甄浩男安慰道:"雅琳,你不需要和我客气,这都是我应该做的!事情既然到了这个地步,你也不要太过忧伤,你要帮你奶奶和妈妈一起走过这道坎。对了,哥哥、嫂嫂做鉴定一事你就不要再告诉阿姨了,免得让她老人家有了希望后再度失望,到时候受到的打击更大,再说咱们都知道是哥嫂尸体,人家只不过走个程序!"

郑雅琳点了点头:"我知道,已经深夜了,你回去吧!先代我向叔叔阿姨问好,我改天再去看他们。"说完她的泪水忍不住滑落脸庞。

甄浩男急忙伸出手帮她擦干眼泪后说道:"好!明天上午我来接你,去帮他们选块墓地。"

郑雅琳悲痛地点了点头,转身走进了大门。

甄浩男目送郑雅琳,直到背影消失许久才调转车头离开,不知何时,泪水已经模糊了他的双眼。

远处一角落里,一个陌生的男人正拿着望远镜偷偷地向这边窥望。郑雅琳和甄浩男道别的一幕,全部纳入他的镜头。

郑雅琳轻轻敲了敲房门。

搂着郑凌薇斜靠在沙发上熟睡的小林被惊醒,她揉了一下睡意蒙眬的眼睛,把郑凌薇轻轻地平放在沙发上,起身走向前去打开房门。

郑雅琳边走进来边问道:"她们都睡了吗?我没敢按门铃怕惊醒她们。"

小林指了指睡在沙发上的郑凌薇。

郑雅琳埋怨道:"哎呀!怎么让她睡在这儿了呢?"

小林无奈道:"她不去房间睡,非要坐在这儿等你回来,等着等着就睡着啦……"

郑雅琳急步走向前去,轻轻抱起凌薇向儿童房内走去,小林急忙跟了上去。

郑雅琳把凌薇放在床上,眼泪不由自主地滑落下来,滴在凌薇熟睡的脸上。

郑雅琳从凌薇房间出来后,走到王正梅卧室门前停了下来,问小林道:"奶奶和妈妈吃晚饭了吗?"

小林担忧地回答道:"没有,奶奶在她房间里,阿姨的门也一直反锁着,怎么也敲不开。"

郑雅琳一惊,她急忙伸手推母亲门上的把手锁,没有推开。

郑雅琳满脸焦虑,趴在母亲门前,双手不停地拍打着房门,焦急地呼叫着:"妈妈,开门,打开门啊!"

王正梅躺在床上一动不动,对于女儿的呼喊声她也无动于衷。

郑雅琳一边拍打着母亲的房门,一边焦急地问小林:"有没有妈妈房间的钥匙?"

小林回答道:"没有,阿姨的房间只有她自己有钥匙。"

郑雅琳急忙说:"那你去找一把锤子,咱们把门敲开。"

小林道:"好!"转身去找锤子。

郑雅琳边拍门边说:"妈,我知道您心里难受,可您不能这样折磨自己,求求您开开门,妈……"

许久,呆呆躺在床上的王正梅才回过神来,听到门外女儿的哭叫声,她终于艰难地站起身来,晃悠悠地移到门前打开房门。

郑雅琳一下子紧紧地抱住了母亲。

小林也急忙走了进来。

卧室内没有开灯,一片黑暗,小林随手打开了房灯。

王正梅大叫:"不要开灯。"她头发凌乱,满脸憔悴,好像一下子老了许多。

郑雅琳示意小林关上灯,她把母亲扶到床前坐下说:"妈,您心里难受就哭出来吧!千万不要强撑着!"

王正梅抱住郑雅琳痛哭起来:"都怨我,都怨我,我为什么那么着急告诉烨伟家里出事了呢?"

郑雅琳拍着王正梅的后背安慰道:"妈,您别自责,这怎么能怨您呢?"

王正梅哭泣着说:"这怎么能不怨我呢?我要是不告诉你哥哥你爸出事了,你哥嫂就不会着急赶回来,他们要不着急赶回来,也就不会超速行驶酿成车祸了!现在,我还活着干什么啊?"

郑雅琳替母亲擦着腮边的眼泪,自己也控制不住泪水直流,她劝慰母亲道:"妈,奶奶、我和凌薇,我们都很需要您,这个时候您可千万不能倒下去啊!"

王正梅伤心地说:"我要去看一下你哥和你嫂子,我要去见他们最后一面呀!"

郑雅琳抱着母亲哭劝道:"妈,您听我说,哥哥嫂子的事您别过问了,交给我和浩男处理就行了!现在您的身体最重要,您要再有点什么事,那我和凌薇怎么办啊!为了我们,求求您吃点东西吧!"

王正梅哽咽着说:"我什么也吃不下去,你到一楼去看看你奶奶,让她吃点东西!"

郑雅琳点点头说:"那您先休息一下,我待会儿再来看您!"

王正梅难过地说:"孩子,太难为你了,照顾好你奶奶后就去休息吧!今天你也太累了!"

郑雅琳向老太太房间走去。

王正梅翻来覆去难以入睡,起身站在窗前,呆呆地望着外面闪烁的几点灯光。

07

郑雅琳拖着沉重的步伐来到一楼客厅隔壁奶奶的房间门口,那一瞬间,她突然感觉眼前一黑,仿佛整个世界都在瞬间崩塌。胸口处更是传来钻心般的剧痛,如利箭直直刺入她的心房。

她的身体不由自主地颤抖起来,急忙扶着奶奶的门,一点一点慢慢地蹲了下去。在这极度痛苦的时刻,心中一个坚定的声音在不断提醒着她说:"郑雅琳,你不能倒下去,你绝不能倒下去!这个家还需要你撑着,你一定要

人生不能重来

坚强!"

时间仿佛凝固了一般,好大一会儿,郑雅琳才终于从那几乎要将她吞噬的黑暗中缓过劲来。她深深地吸了一口气,努力平复着自己紊乱的呼吸,轻轻推开奶奶的房门。然而,映入眼帘的却是空荡荡的床铺——奶奶并不在房间里。

郑雅琳的心瞬间提到了嗓子眼,惊慌失措地跑了出来。她的眼神充满了恐惧和焦虑,急切地推开卫生间的门看了一下,里面空无一人,她又三步并作两步地跑到厨房,厨房里只有小林在默默地整理东西。

"小林,奶奶呢?"郑雅琳的声音因为焦急而变得尖锐,仿佛要将这寂静的夜撕裂。

小林被这突如其来的发问吓了一跳,想了一下答道:"她在房间里啊!"

"没有啊!"郑雅琳的声音开始带着哭腔,泪水在眼眶中打转。

小林感到奇怪:"她一直在房间里啊!"

郑雅琳颤抖着把手放在嘴上,做了一个"嘘"的手势,轻声说:"小声一点,别让我妈听到,咱们快去找!"说完,便急匆匆地向门外走去。

小林在围裙上擦了一下手,不敢有丝毫耽搁,急急忙

四、柔肠一寸愁千缕

忙跟了过去。

夜,黑得深沉,月光如水,却无法照亮她们内心的焦虑。她们满脸焦急,在院子里四处查看,每一个角落都不放过。

小林突然一把拉住郑雅琳,声音压得极低,用手指了指院子内一侧假山的花草丛,低声道:"那边好像有人影。"

郑雅琳顺着小林手指的方向望了望,说道:"快过去看一下。"

两人轻手轻脚地靠近假山,只见假山后,老太太正双手合并,虔诚地闭着双眼,嘴里念念有词,丝毫没发现郑雅琳和小林已经站在了她身后。

小林正要上前去搀扶郑母,郑雅琳连忙拦住小林,轻声道:"咱们先不要打搅她!你先回去休息。明天就是礼拜一了,这几天就麻烦你早上去送凌薇上学了!"

小林轻轻地点了点头,说道:"好的,您放心!"然后她轻轻转身,缓缓地走开,那脚步声在寂静的夜里显得格外清晰。

郑雅琳静静地伫立在奶奶身后,泪水如决堤的洪流,肆意倾泻而下。

老太太艰难地想要努力站起来,可她的身体却如同风中残烛,摇摇晃晃,几乎跌倒在地。郑雅琳眼疾手快,急忙搀起了老太太,声音带着颤抖喊道:"奶奶!"

老太太那原本还算硬朗的身躯,此刻却有气无力地靠在郑雅琳身上。郑雅琳小心翼翼地搀扶着奶奶,缓缓回到房间。她轻柔地扶奶奶躺在床上,仔细地替她盖好被子,如儿时奶奶对她那般,轻轻亲了一下奶奶的额头,柔声说道:"奶奶晚安!"

老太太双眼紧闭,仿佛连睁开眼睛的力气都已被抽离,只是挥挥手,示意郑雅琳去休息。郑雅琳缓缓站起身来,泪水再次不受控制地滑落脸庞。她轻轻地从奶奶房间退了出去,每一步都似有千钧之重。

老太太斜躺在床上,呆呆地望着天花板,心中的悲苦如同浪潮般汹涌。她想放声大哭,想将心中的痛楚都宣泄出来,可喉咙却像被什么堵住,发不出一丝声音。她想尽情地流泪,可那干涸的眼里,再也流不出一滴泪水,只有无尽的绝望和哀伤。

从奶奶房间出来,郑雅琳的脚步停在了母亲房间门口。她的手抬起,想要推开那扇门,寻求一丝安慰。可迟疑了一下,最终还是转身离开了。此刻的她,害怕面对母亲那同样破碎的心。

四、柔肠一寸愁千缕

郑雅琳再次来到儿童房，她放心不下郑凌薇。温馨可爱的儿童房内，郑凌薇正酣然入梦，可那粉嫩的小脸上，眼边却挂着晶莹的泪珠。郑雅琳的心犹如被万箭穿过，痛得无法呼吸。

她拖着疲惫万分的身体，一步一步回到自己的房间。打开房灯的瞬间，梳妆台上那张全家福照片刺痛了她的双眼。顿时，泪水又如断了线的珠子般滚落，她踉跄着走到梳妆台前，双手颤抖地抚摸着照片，喃喃自语道："爸爸，我引以为傲的爸爸，为我遮风挡雨的爸爸，您为何会走上贪赃枉法的道路？您怎么越老越糊涂？您的儿子、儿媳走了，这个曾经充满欢声笑语、幸福美满的家庭在顷刻间瓦解了！爸爸呀爸爸，我奶奶，我妈妈，她们现在痛不欲生，还有您最喜欢的天真无邪的小孙女，不停地追问您在哪里、自己的爸爸妈妈在哪里，我该如何回答？明天我该怎么办啊……"

08

与此同时，深夜的甄浩男家客厅内灯火通明。一家人坐在沙发上，气氛压抑得让人喘不过气来，情绪异常低沉。

甄浩男看着愁眉不展的父母，试图宽慰道："你们也别太难过！"

甄父长叹一口气，说道："你早点休息吧！这一天大家都累了。"

甄母却忍不住无比失望地唠叨起来："老郑这下算是完了，平时看着挺稳重的一个人，怎么会作出这种糊涂事？这以后让儿女怎么抬得起头来做人？也太不自重了！"

甄浩男眉头紧皱，不高兴地对母亲说道："妈，您就别再说了！现在不是指责的时候。"

甄父也附和道："行了，都别说了。跑了一天，快去睡觉吧！"

甄浩男站起身，向卧室走去。

甄父冲着甄浩男的背影喊道："这几天你就多帮帮雅琳！"

甄母不满地瞥了一眼甄父，欲言又止，最终还是把到嘴边的话咽了回去。

五、白头老母遮门啼

01

一夜无眠,郑雅琳在黑暗与寂静中辗转反侧,思绪如乱麻般交织。当黎明的第一缕曙光悄然爬上窗台,她便起了床。

拖着沉重的脚步,她缓缓来到客厅。以往充满温馨与欢笑的家,此刻却弥漫着令人窒息的冷清。那空荡荡的角落,仿佛在无声地诉说着昨日的悲伤,她禁不住浑身直打冷颤。每一寸空气都仿佛凝固,压得她喘不过气来。

她多么希望昨天发生的一切是一场虚幻的梦啊!可是,残酷的事实却如冰冷的巨石,无情地击碎了她心中那一丝微弱的幻想。她深知，逃避无济于事，而自己必须坚强起来，勇敢地面对这让人难以承受的现实。

就在这时，王正梅从楼上摇摇晃晃地走了下来。曾经的她，气质高雅、容光焕发，无论何时都散发着一种引人注目的魅力。可如今，她仿佛一夜间苍老了十多岁。她的眼睛又红又肿，失去了往日的明亮与灵动，整张脸肿得变了形。

郑雅琳的目光落在母亲的头发上，心猛地一揪。母亲一夜之间白了许多头发，那曾经乌黑亮丽的发丝，如今却掺杂着缕缕银丝，像是无情的岁月留下的斑驳痕迹。郑雅琳伤心难过极了，五十多岁满头乌发，那可是母亲一直引以为傲的资本啊！

望着母亲黑白相间的头发，郑雅琳的心中犹如深深地扎进一根长刺，尖锐的疼痛瞬间蔓延至全身。痛苦万分的她轻轻地搂住母亲，泪水再也无法抑制，肆意地流淌。

王正梅用沙哑的声音对女儿说道："雅琳，我想和你一起去墓地，送送你哥哥、嫂子！"那声音仿佛是从灵魂深处挤出来的，饱含着无尽的悲痛与坚决。

郑雅琳急忙擦干泪水，试图用坚定的语气劝慰母亲："妈，哥哥、嫂子的事就交给我和浩男办吧，求求您别去了，您会受不了的！"她的声音颤抖着，带着深深的担忧与

五、白头老母遮门啼

恐惧。

王正梅流着眼泪,眼神中透着倔强与坚持:"我必须去呀,你嫂子也是受咱们家连累,她自小又是孤儿,这么年轻就陪你哥去了!你说这个时候我这个当妈的不去送送他们合适吗?"每一个字都如同重锤,狠狠地砸在郑雅琳的心上。

郑雅琳一时不知该如何劝说母亲,泪水再次模糊了她的双眼。就在这令人心碎的时刻,小林走了过来,神色焦急地说道:"阿姨,雅琳姐,奶奶的嘴唇一直在流血,可她不让抹药!"

三个人匆匆忙忙地赶到老太太的房间。一踏入房门,映入眼帘的是满脸憔悴的老太太,虚弱地躺在床上,嘴唇上几个破裂的血泡格外刺眼,血迹蔓延至整个下巴,触目惊心。

郑雅琳心急如焚,赶忙从床头柜上抽出纸巾,弯下腰,轻柔而急切地为奶奶擦拭着嘴巴上的血迹。而老太太双眼紧闭,似是陷入无尽的痛苦之中,把头转向了一侧,拒绝着这份关怀。

郑雅琳眼含热泪,苦苦劝道:"奶奶,咱们去一下医院好不好?"老太太默默地摇了摇头。

看到婆婆有气无力地躺着,王正梅的心瞬间被狠狠揪紧,她蹲在床头,紧紧拉住老太太的手,哀求道:"妈,我求求您,别这样折磨自己啦!"

老太太依旧无言,那枯黄憔悴的脸,在此时愈发显得苍老与无助。郑雅琳继续苦苦哀求:"奶奶,求您啦!去一下医院吧!"

老太太动了动身子,缓缓坐了起来。郑雅琳以为自己终于说服了奶奶,紧皱的眉头稍稍舒展开来。

老太太晃晃悠悠地走出自己房间,来到客厅大门前,伸手拉开门,毫不犹豫地走了出去。

"奶奶,您先在院子里等一下,我帮您拿件衣服。"郑雅琳和王正梅急忙找了个袋子,手忙脚乱地往里装衣服。装好衣服后,她们匆匆走出门,眼前的情景却让她们如遭雷击。

只见老太太正跪在院内假山后虔诚地祈祷,原来她根本不是要去医院。

"妈!"王正梅走上前去,在郑母身后悲伤地叫了一声,随后"扑通"一声跪在了地上。

郑雅琳也急忙上前,跪在了母亲身后,哽咽着说道:"奶奶,您不要再这样折磨惩罚自己了,这一切都不是您的错,说不定爸爸是冤枉的。上面查清问题后,爸爸就会回

五、白头老母遮门啼

家和我们团聚了!"

听到孙女的话,老太太呆滞的眼睛微微转动了一下,双手抱住头,低声哭泣起来,说道:"对!对!可能是受冤枉了,查清问题后就会回来与我们团聚。快,快回家把房间里所有的灯都打开,今天阴天光线暗,煜辉怕黑不敢回来!"

老太太艰难地站起身,踉踉跄跄地回到客厅,将灯打开,然后又转身准备去其他房间开灯。

郑雅琳疾步上前,泪水再也忍不住夺眶而出,她泪流满面地说道:"奶奶,您休息一下,我去、我去。"

看到婆婆如此悲痛,王正梅强忍内心的悲痛,对女儿说道:"雅琳,我去开灯,你去处理那件事吧!你一定要处理好,奶奶这儿我会照看好的,你就放心去吧!"

郑雅琳深知母亲所指的"那件事情"是指哥哥、嫂子的后事。此刻,母亲因为放心不下奶奶,不再强求去墓地,但她怎能不理解母亲那深入骨髓的痛楚。她对着母亲重重地点了点头,便如逃离一般离开了家。

她感觉自己仿佛置身于令人窒息的悲痛深渊,如果在这种悲痛欲绝的氛围中再多待一分钟,整个人就会彻底崩溃。她掩面呜呜地痛哭着,向院外狂奔而去。

那悲切的哭声,在寂静的院子里回荡,仿佛是对悲惨命运的控诉,又仿佛是对未来的迷茫与恐惧。每一步,都带着无尽的哀伤;每一滴泪,都饱含着深深的痛苦。这个家,被阴霾笼罩,而她们,在无边的黑暗中,艰难地寻找着那一丝希望的曙光。

02

在院外等候多时的甄浩男看到郑雅琳哭着跑了出来,急忙下车关切地问道:"雅琳,你怎么了?"

郑雅琳没有回答,她像一个受尽委屈的孩子趴在甄浩男肩膀上又一次高声痛哭起来。

甄浩男轻轻地拍着她的后背安抚着她,好大一会儿郑雅琳的情绪才稳定下来,二人回到车上。

郑雅琳问道:"你到家门前了,怎么一直待在院外不进屋?"

甄浩男道:"我不忍心打扰你们,想让你们多睡一会儿,就一直在外面等着你!"

郑雅琳感动地说:"谢谢!"

五、白头老母遮门啼

甄浩男道:"对我你就不要客气了,走,我先拉你去吃点早餐,然后帮哥哥、嫂子选一块墓地!"

郑雅琳点点头道:"好吧!但不知鉴定结果出来没?"

甄浩男回答道:"不会这么快吧!结果出来后,他们会通知我们的,咱们先去选墓地。"

郑雅琳说:"好,走吧!"

车内,郑雅琳对甄浩男道:"我曾经和许多人一样,痛恨官场上的腐败和丑恶,指斥社会上的不公和黑暗。每次从报纸、电视上看到官员行贿受贿、买官卖官等落马的新闻时,我总是在心里暗暗庆幸自己的父亲是清官,从他身上我感觉到的只有美好的品质,他不止一次地教导我说做人要堂堂正正,不贪不占,保持共产党员的高大形象。"

甄浩男无言,只是默默地点点头。

郑雅琳接着道:"我真的不相信整天教导我们要堂堂正正做人的父亲会是一个伪君子,是一个精于作秀、善于演戏的官场败类。你帮我查一下咱们大学同学刘朋的手机号,我想了解一些情况!"

甄浩男道:"好的。"

轿车缓缓向前驶去。

一个头戴墨镜的男人看着轿车远去的背影,拿出手机拨通一电话道:"他们已经走了……"

03

郑雅琳一个人静静地站在湖边,垂柳拂着绿色的枝条,倒映在湖面上,微风吹来,湖水伴着枝条泛起层层波纹,犹如她繁芜的心。

一位高大帅气的年轻男人走到郑雅琳身边叫道:"郑雅琳!"

郑雅琳转过头来:"刘朋!"

刘朋感觉到她强挤出的那一丝笑容难掩眼底的悲伤和尴尬,于是他故意找出一些轻松的话题来缓解郑雅琳的心情,他感慨道:"时间过得真快啊,一转眼咱们大学毕业都五年了!"

郑雅琳回答道:"是啊!时光太匆匆!"

刘朋笑赞郑雅琳:"几年没见,你还是那么漂亮!听几位老同学说,你已经取得了博士学位啦!真了不起,令我们这些男人汗颜呀!"

郑雅琳苦笑道:"别取笑我了!男人、女人、女博士,

五、白头老母遮门啼

社会上有人把女博士列为男女两性之外的第三性！女博士让一些男人望而却步、敬而远之，甚至谈女博士色变！"

刘朋笑道："咳，那些扭曲夸大女博士形象的人们看到你后就不会这样说了，你可是集美丽、聪慧、才气于一身啊！"

郑雅琳苦笑道："老同学，你就安慰我吧！"

刘朋举起双手道："天地良心，我说的可都是实话！"

郑雅琳被刘朋认真的样子逗笑了，这让她突然想起来上大二时父亲与她的一席谈话，父亲说："我和刘朋的父亲是大学同学，现在你和刘朋又是同学，如果你和刘朋在一起，倒不失为一段佳话，也了却了我们两家人的心愿……"当时她笑着对父亲说她和刘朋不来电，她只把刘朋当哥哥，相信刘朋也只是把她当妹妹。父亲听后摇头叹息说可惜了，后悔当初没有早订娃娃亲！

刘朋看郑雅琳陷入沉思，猜想她一定又是在想家里的不幸遭遇，便急忙拿出手机转移话题道："雅琳，来，看看我儿子的照片。"

郑雅琳笑道："快，让我看看！"

刘朋把手机递给她，她看到手机屏幕上一个穿着背带裤的可爱小男孩，"哇，真可爱，他有两岁吗？"郑雅琳羡慕地问道。

"咳，雅琳，你看得还挺准，他今年刚两岁！"刘朋道。

郑雅琳笑道："你儿子都两岁了，刘叔叔和阿姨也一定会非常高兴，你们一家真幸福！"说完她又想到了自己已经破碎的家庭，脸色黯淡下来。

刘朋真诚地对她说："雅琳，一切都会过去，我希望你要打开心结，幸福地生活下去！"

郑雅琳低下头去："谢谢，我这一辈子也许不会有幸福可言了！"

刘朋劝慰道："雅琳，别这样！"

郑雅琳看着远处波光粼粼的湖水，她的内心像打翻了五味瓶，强忍悲痛对刘朋道："这件事情麻烦你帮我问一下情况，我不相信我爸爸会这样！"

刘朋安慰她说："雅琳，你放心，我会问清楚到底是怎么回事的！"

郑雅琳感激地看着他："谢谢你！"

刘朋道："你和我就不要客气了！走，我送你回去！"

郑雅琳的眼泪在眼眶内打转，她怕刘朋看到，急忙转身向前边走边说："你先回，我想单独在湖边转转！"

刘朋看着她的背影若有所思。

五、白头老母遮门啼

04

夜晚,老太太躺在床上,王正梅紧皱眉头守候在她床边。

郑雅琳轻轻推开门走了进来,王正梅站起身来示意女儿不要说话,她拉着女儿从老太太房间来到楼上自己房间。

郑雅琳满心忧虑地问道:"妈,您带奶奶去医院了吗?"

王正梅重重地叹了口气,愁容满面地说道:"无论我怎么劝,你奶奶死活就是不去医院。下午,我打电话请了一位当医生的朋友到家里给她检查,医生说她是急火攻心所致,给开了一些药,可她倔强得很,不肯吃药,直到现在,一口饭都没吃,这可如何是好!"

郑雅琳赶忙安慰母亲道:"妈,您先别着急,奶奶遭受了这般重创,哪是一时半会儿就能调节好的。咱们一起好好劝劝她!"

王正梅痛苦而又无奈地点了点头,紧接着又问女儿道:"你哥哥、嫂嫂的事情处理妥当了吗?"

郑雅琳稍稍迟疑了一下,低下头去,声音细若蚊蝇地道:"您放心,都办好了!"

王正梅听闻,再也抑制不住自己的情绪,趴在床上,撕心裂肺地呜呜痛哭起来。

郑雅琳静静地站在母亲身旁,心中暗想:"就让妈妈尽情地痛哭一场吧,否则,这些悲痛积压在心里,会把她憋坏的!"

虽然她也是泪水潸然,但她死死咬着嘴唇,强忍着不让自己哭出声音。为了母亲,为了奶奶,为了小侄女,她逼迫自己必须坚强起来,成为这个家的支柱。

一场痛哭过后,王正梅心中终究还是牵挂着婆婆,她强忍着悲痛,对女儿说道:"我实在放心不下你奶奶,咱们去劝她好歹吃一点东西!"郑雅琳连忙搀扶起母亲,母女俩谁也没有说话,只有无声的泪水在脸上肆意流淌。二人相互依偎着,相拥着向楼下缓缓走去。

05

客厅内,老太太拖着那虚弱至极的身躯,摇摇晃晃地将厅内所有的房灯逐一打开。刹那间,整个客厅在璀璨灯

五、白头老母遮门啼

光的映照下,显得格外有韵味,既有古典的书香之气韵,又兼具现代的装饰之美感。然而,此刻的老人哪有半分心情去欣赏这一切呢?她失魂落魄地转身,朝着大门缓缓走去。

郑雅琳拥着母亲走到楼下,当她瞧见奶奶那步履蹒跚的背影时,伤心的泪水再一次如决堤之水滑落脸庞。

王正梅顺着女儿的目光,也看到了即将走到大门处的婆婆。就在老太太握住门把手,正要打开大门的瞬间,王正梅猛地甩开女儿的手,如离弦之箭般飞奔到老太太身后,紧紧地一把抱住老太太的腰,声泪俱下地哀求道:"妈,我求求您别这样!"

郑雅琳也迅速跑到奶奶身边,哽咽着说道:"奶奶,您想去哪儿,我陪您去!"

老太太的手不停地颤抖着,嘴里喃喃自语道:"我要打开大门等着煜辉,他看到灯光就会回来!"

王正梅轻轻地握住老太太的手,帮她缓缓打开大门。外面一片漆黑,夜的潮气在空气中弥漫浸润。

老太太那双忧伤而浑浊的眼睛,直直地望着门外那无尽的黑暗,那绝望的眼神中,却带着深深的期盼,仿佛要将这黑暗看穿,盼着那个熟悉的身影归来。

| 人生不能重来

母女二人静静地立在老太太身后,眼神中都流露出无法言说的深深感伤。

"会回来的、会回来的,我的儿子不会变成坏人的,他一定会回来的!"老太太嘴里不停地反复念叨着,那声音中饱含着无尽的思念与坚定的信念。

"奶奶,您回房休息,我在这儿等着行吗?"郑雅琳满含泪水,轻声问道。

"是呀,妈,我扶您去吃点东西,不然您的身体会撑不住的!"王正梅声音中带着难以掩饰的悲痛。

"紫藤花树、紫藤花树!"老太太突然仰起头来,一行浊泪沿着她那满是皱纹的脸庞滑落。

"紫藤花树?"郑雅琳望着母亲,满脸的不解与困惑。

王正梅伤心欲绝地说道:"你奶奶又想到了她和你爸爸以前的穷苦日子,你爸爸不该忘记这一切呀!"

老太太的耳边,回荡起童年郑煜辉那稚嫩而坚定的声音:"娘,我将来一定会送您好多紫藤花树,让您在花树下幸福地生活!"

老太太泪眼模糊,在这朦胧之中,仿佛看到童年的郑煜辉正朝着自己欢快地走来。她再也无法控制自己汹涌的情绪,紧紧地抱住门框,撕心裂肺地呜呜大哭起来,那哭

五、白头老母遮门啼

声仿佛要将心中所有的痛苦和思念都倾倒出来。

这哭声在寂静的夜空中回荡,母女俩也跟着泣不成声。风悄然吹过,似乎也在为这悲惨的一幕而哀叹。老太太的身体不停地颤抖着,仿佛要被这无尽的悲痛所吞噬。王正梅和郑雅琳紧紧地拥抱着她,试图给予她一丝温暖和安慰,但在这巨大的痛苦面前,一切都显得那么苍白无力。

黑夜中那扇敞开的大门,如同一个巨大的黑洞,吞噬着她们的希望和幸福。老太太的哭声渐渐微弱,可那深深的绝望却依旧笼罩着每一个人。她们就那样伫立在门口,仿佛化作三尊悲伤的雕像,被永远定格在了痛苦的这一刻。

六、宝剑锋从磨砺出

01

郑煜辉曾经是一个好官员,在任主抓城建工作的副市长之前,一直是一个敬业勤奋、廉洁奉公的党员干部。与诸多落马贪官一样,他经历了苦难的童年、进步的青年、上升的中年、失败的晚年。

02

二十世纪五十年代末、六十年代初,郑煜辉出生在一个革命老区的贫困家庭里。他的出生,既给当时生活拮据的家庭带来了一丝喜庆,同时也增加了更多的负担。

在郑煜辉幼时,全国发生了严重的自然灾害,庄稼颗粒无收,村子里的大树在大炼钢铁时就基本被砍伐完,剩下的树苗草根也已被饥饿的人们吃净。1960年是三年自然灾害中最为严重的一年,直到现在钱玉英都不敢回想那一年是何等的残酷,她的家乡受灾极为严重,村子里天天有人哭丧,半年多光景,村里已经是十室九空。

钱玉英曾劝公公、婆婆和丈夫出去讨饭,也许会有生路,公公说现在全国各地都一样,出去也是饿死。公公、婆婆两位老人最终还是先后饿死了,丈夫很快也因饥饿患上了浮肿病,最终撒手人寰。她一辈子也忘不掉丈夫奄奄一息时拉住她的手说的话,"我死后,你把我风干,当作你们娘俩的干粮吃,这样你们就会撑一段时间不会饿死……"她怎能忍心吃掉丈夫啊,但活着早晚都会饿死,怎么办?无奈的钱玉英最终作出一个痛苦的决定:就地把丈夫掩埋,然后和儿子一起自尽,同丈夫共赴黄泉路……

匆匆掩埋了丈夫,钱玉英拿起一根小绳子准备先勒死儿子,然后自己再吊死。

小煜辉正在熟睡,痛苦万分的钱玉英把小绳子从他的脖子上缠了一圈，哭着说："孩子，娘带你去另一个世界寻找你爹和你爷爷、奶奶，他们那儿有好多好吃的，到那儿以后咱们就再也不会挨饿了！"

"娘，我饿、我饿！"小煜辉舔着干裂的嘴唇突然在睡梦中叫道。

小煜辉虽然瘦得皮包骨头，但睡得依然那样甜美。

钱玉英的手哆嗦起来，缠在小煜辉脖子上的绳子来回抖了几下。

小煜辉被绳子弄醒了，他睁开眼睛，有气无力地对钱玉英嚷道："娘，我痒、痒！"

小煜辉稚气的童音让钱玉英百感交集，痛不欲生，她解开系在儿子脖子上的绳子，抱住儿子呜呜地痛哭起来："儿子，原谅娘，你爷爷、奶奶和你爹都饿死了，只留下咱们孤儿寡母，现在家里没有一粒下锅的粮食，村里的草根树皮也都被挖净吃光啦，今天咱们娘俩不死，过不了几天也会被活活饿死啊！"

小煜辉虽然不太明白母亲的话语，但他知道不能让母亲饿死，他把自己的手伸到母亲嘴边道："娘，你把我的手吃掉，这样你就不会饿死了！"

听到儿子天真无邪的话语，钱玉英停止哭泣，没想到

六、宝剑锋从磨砺出

这么小的孩子竟有如此孝心。她紧紧地把儿子拥在怀里,对天发誓道:"儿子,娘就算是上刀山、下火海,再苦再难也一定要把你抚养成人!"

女人是脆弱的,但母爱是坚强的!是小煜辉的一番话激活了钱玉英活下去的力量,她下决心就算再苦再难也要养大儿子。

从此,钱玉英带着小煜辉经过艰难跋涉躲进深山,过着喝露水、吃野草的日子。

03

钱玉英带儿子上山后,她一边带着儿子寻找吃的,一边教儿子认字背诗词,有时还给儿子讲故事,想把自己在母亲那儿学到的知识全部传授给儿子。

有时一连两天找不到吃的,他饿得头晕眼花,钱玉英咬破手指把血滴在他嘴里。这个情景萦绕在郑煜辉脑海中好多年,成为他学习和工作之中的不竭动力。但不知何时,这个情景被他渐渐抛在脑后,直到被专案组带走,这个情景才又清晰地呈现在眼前。

郑煜辉六岁已经能背诵一百多首诗词,还会自编自导很好玩的故事逗钱玉英开心。

一天,他们母子二人在山上的紫藤花树下碰到一个上山打猎的猎人,猎人告诉他们,现在情况已经好转,当初出去逃难的人们也都陆续回到家园。钱玉英心动了,因为儿子已经到了上学的年龄,她决心带儿子下山。

在一棵美丽的紫藤树下,郑煜辉和母亲正蹲在地上捡紫藤花瓣,小煜辉把一片花瓣放到嘴里对母亲道:"娘,这地上的花瓣都捡完了,咱们明天就下山了,我能把树上的花都摘下来带走吗?"

钱玉英对儿子说道:"孩子,娘告诉你的你又忘记了?"

郑煜辉低下头去答应道:"嗯!"

钱玉英说道:"孩子,做人要有感恩的心,以后不管走到哪里都要记住紫藤花啊!来到山上这三年,咱们娘俩靠吃紫藤花瓣充饥,可以说这紫藤花是咱娘俩的'救命恩人'!紫藤花也有生命啊,只要它不从树上落下,咱们就算饿死也不能把它打下来!"

"娘,我知道了!"郑煜辉红着脸说道。

钱玉英接着说道:"孩子,这紫藤花还有个美丽传说呢!"

六、宝剑锋从磨砺出

郑煜辉问道:"什么传说?娘,你给我讲讲呗,我最爱听娘给我讲故事了!"

钱玉英看着儿子笑笑说道:"你这么小听不懂,将来长大了娘再给你讲!"

郑煜辉央求道:"娘,讲呗,我能听懂!"

钱玉英微笑道:"好吧!这是我小时候你外婆给我讲的。从前呢,有一个漂亮的女孩,她每天祈求天上的月老能赐给她一段美丽的爱情。终于,月老被女孩的虔诚感动了,在女孩的梦中对她说,在春天到来的时候,在后山的小树林里,她会遇到一个白衣男子,那就是她想要的美丽爱情。春天到了,百花盛开,痴心的女孩如梦中月老所言独自来到了后山小树林,等待白衣男子的到来。可一直等到天快黑了,那个白衣男子还是没有出现,女孩在紧张失望之时,反而被草丛里的蛇咬伤了脚踝。"

小煜辉担心地问:"女孩受伤了,还能等到人吗?"

钱玉英接着讲道:"女孩不能走路了,心里极为害怕。在女孩感到绝望无助的时刻,白衣男子出现了,女孩惊喜地呼喊着救命,白衣男子帮她吸出了脚踝被蛇咬过的毒血。女孩认定白衣男子是她的命定之人,可是白衣男子家境贫寒,他们的相爱之事遭到了女方父母的坚决反对,最后两个相爱的人双双跳崖殉情。在他们殉情的悬崖边上长出了一棵树,那树上居然缠着一棵藤,并开出朵朵小花,紫中带蓝,后人称那紫藤就是女孩的化身,白衣男子就是树的化身。"

小煜辉听完钱玉英的讲述沉思半响后认真地说道:"娘,紫藤花是神圣的花,我将来一定会送您好多紫藤花树,让您在花树下幸福地生活!"

钱玉英看着懂事的儿子含泪微笑,重重地点点头,酸楚的往事涌上心头……

解放前,钱家庄的钱膺是当地有名的大地主,他在南方做生意时娶了一个商人的女儿,当时商人生意失败欠下了钱膺一大笔钱,无奈把女儿抵给钱膺当了五姨太。

这位五姨太是琴棋书画样样精通,深得钱膺的宠爱,后来她给钱膺生了个女儿,起名叫钱玉英,钱玉英一直到十岁都是在父母的百般呵护下长大的。

年少的钱玉英在母亲的精心指导下,能背诵唐诗三百首和诸多古文名句,有时在母亲的点拨下还能作几首诗,钱膺常常把钱玉英带在身边对友人们炫耀他有一位秀才女儿!

可好景不长,在钱玉英十岁时,她美丽而又才华横溢的母亲因病永远地离她而去,五年后,她还没有从母亲去

六、宝剑锋从磨砺出

世的悲伤中解脱出来,父亲钱膺也因病去世了!

父亲去世后,整个钱家也就迅速地败落了。不久,几位姨太太带着自己的孩子陆续改嫁了,钱玉英只好跟着钱膺第一个老婆也就是她的大妈生活。

钱玉英成了无人疼爱的孩子,她几乎每天都在同父异母的哥哥钱泉的打骂声中生活。

她承担起家中全部脏活累活,每天天不亮就要起床为他们做饭,然后牵着家中唯一的老黄牛去山上捡柴割草。这样还不行,大妈和哥哥心情稍有不顺就拿她出气,她常常被打得鼻青脸肿。

每次挨打后她都不敢大声哭泣,否则他们会更加痛打她,只有在山上放牛时她才会抱住老黄牛的脖子大声痛哭。钱玉英多么想念妈妈啊,"妈妈你在哪里呀?"没人回答她,只有她的老黄牛默默地帮她舔着腮边的泪水!

在她二十岁时,家里更穷了,三十岁的哥哥还没娶上媳妇,大妈在邻居的建议下用她和邻村的一户人家换了亲!就这样她嫁给了郑家的儿子,郑家的女儿嫁给了她的哥哥。

钱玉英嫁到郑家后,她的日子才好过一点,虽然还是穷,但她不用再挨打了!

钱玉英的丈夫比钱玉英大三岁,长得高高大大的还算英俊，也非常疼爱她！公公、婆婆为人很厚道，知道一些她的生活经历，对她也很疼惜！

钱玉英已经很满足了，尽心尽力地侍候公婆和丈夫，一家人虽穷但很幸福！

……

钱玉英沉浸在悲伤往事中不能自拔，儿子轻轻地拉住她的手道："娘，你不是说咱们今天下山吗？"

钱玉英的思绪被拉回到现实中来，她叹道："是该走了！"

04

为让儿子上学，钱玉英就带着儿子回到了老家。

家里惨不忍睹，土墙房子早已倒塌，不得已她带着儿子到了邻村娘家，想先让儿子在哥哥嫂子处暂住几天，待修好房子后再接回儿子。

大妈已在三年自然灾害中饿死，她的嫂子（也是她的小姑子）听说侄子要在家中住几天倒很热情地同意了，她哥哥嘴上虽没说不同意，但脸拉得很长。因临近中午，她

六、宝剑锋从磨砺出

勉强在哥哥家吃了一顿饭,准备饭后就回家修缮房子,尽快把儿子接回去。

当她正帮嫂子刷碗时,听到儿子在院外凄惨的哭声,她急忙跑到院内,只见哥哥正拿着棍子猛打着儿子,她慌忙扑上去护住儿子向哥哥厉声问道:"你为什么打他?"

哥哥怒气冲冲地道:"他偷了我一块红薯干!"

五岁多的小钱飞也在一旁起哄道:"对,我看到了,他偷了我们家一块红薯干!"

钱玉英看到地上的确晾着几块红薯干,她转身对儿子大声叫道:"郑煜辉,饿死也不偷盗,娘平时是怎么教你的!"

小煜辉的鼻子和嘴都在流血,他抬起满脸是血的小脸哭着说:"娘,我看这东西在地上放着是想把它捡起来,我没偷!"

钱玉英已经明白儿子从小跟她在山上,从来就没见过红薯,怎么会偷吃红薯干呢!她抱起呜呜哭叫的儿子头也不回地离开了哥哥家。

回到那个残破倒塌的家,她再也忍不住,抱住儿子痛哭一场。

儿子懂事地对她道:"娘,您别哭,我不疼!"

她紧紧地搂住儿子道:"孩子,从今往后咱们娘俩谁也不靠!"

母子二人起早贪黑辛苦了一个多月修补好了倒塌的房子,邻居们看着年轻的寡妇带着一个年幼的孩子极为可怜,都劝她改嫁,但钱玉英坚持不改嫁,将自己满腔的爱全部倾注在儿子身上,下决心将儿子培养成对社会有用的文化人。

为攒钱供儿子上学,钱玉英没日没夜地干活,每天天未亮就起床扫树叶、割青草,为的是沤成肥料交给生产队挣工分。

挖河修渠是男人们干的重活,她为了多挣工分,也拿起扁担,加入男人的行列。

每当钱玉英挑着沉甸甸的泥块,吃力地从河底向上走时,她的脸就会汗水直流,变得煞白。每艰难地前进一步,河坡上就会留下一个深深的脚印,看着令人心疼但又佩服不已!

为给儿子节省一点口粮,她常常吃树根草皮,从而头发大把大把地往下掉!

为给儿子省下几角钱作路费,她去学校送粮食衣物,来回100多里路,全是步行!

六、宝剑锋从磨砺出

在博大母爱的温暖下,在母亲坚韧精神的感召下,郑煜辉小小年纪就很懂事,他勤奋学习,刻苦攻读,每次考试成绩都稳居全班第一。

高中毕业后,郑煜辉回到家乡小学当了一名教师,但他对知识的渴望并没有因工作而懈怠。几年间,他在工作之余自学了英语、中文等课程,希望有一天还能上大学,要出人头地来报答母亲的厚恩。

宝剑锋从磨砺出,梅花香自苦寒来,机会只垂青于有志气且有充分准备的人。

1977年国家恢复高考,郑煜辉如愿以偿考上了梦寐以求的大学,并在大学校园追求到中文系才女、系花王正梅,二人互帮互助,大学四年他成绩优异,才能出众,已是当之无愧的天之骄子。

大学毕业后他完全可以留在省城,但王正梅是独生女,她的父母想让女儿回到身边,于是他就和王正梅回到了江丰市(那时还没撤地划市叫江丰地区)。

因他工作努力,业绩突出,加上又是名牌大学毕业,有知识、有文化,很快被提拔为团委组织部部长、团委副书记,接着到县里任常务副县长、县长、县委书记,又因政绩突出被提拔为江丰市副市长。

| 人生不能重来

他用二十多年时间,完成了从团委一般干部到副市长的华丽转身,一生受尽苦难的老母亲也随他住进了国家为他配置的高级公寓里。

搬新家时,他原本想在客厅挂上母亲最喜欢的紫藤图,因工作繁忙没来得及告诉妻子,结果妻子挂上了她自己画的梅花图。

郑煜辉不忍心让妻子取下来,最后他想到一个好办法,他把机关事务管理局局长叫到办公室,安排在小区的一角种上几十棵紫藤,搭建紫藤花廊,这样既美化小区环境,让小区的居民赏心悦目,又可以成全自己的一片孝心。

每当看到老母亲在紫藤花廊下的高兴模样,郑煜辉就会想起儿时的誓言:"娘,我将来一定会送您好多紫藤花树,让您在花树下幸福地生活!"

可如今,他给予了老母亲什么样的幸福生活啊!

05

留置室内,郑煜辉低着头,神情沮丧地对办案人员说道:"我辜负了党和人民对我多年的培养,辜负了老母亲对

六、宝剑锋从磨砺出

我的教导,也使自己一生的清白付之东流,在苦难的童年、进步的青年、上升的中年后,忘记了初心,错误运用手中的权力,不择手段地谋求个人私利,走上了违纪违法的不归路,落了个失败的晚年……"

七、家财不为子孙谋

01

夜晚，街道上群灯闪烁，流光溢彩。

专案组房间内，江丰市纪委书记刘伟轩走了进来。郑煜辉满脸愧色，不好意思看自己昔日的同学加同事。

刘伟轩理解他的心情，轻轻地说道："还记得我们刚毕业那时候吗？"

郑煜辉沉重地点点头，脑海里立即闪现出毕业典礼的情景……

大红的"燕熙大学77届毕业典礼"的横幅高高地悬挂在两棵树上，横幅下是一群热血沸腾的毕业生，年轻的刘

七、家财不为子孙谋

伟轩和他兴奋地站在一起。

郑煜辉激动地说道:"终于可以为国家做点事了!"

刘伟轩也兴奋地说道:"是啊,我们可以放开手脚大干一番了!"

年轻的郑煜辉高声背诵道:"人最宝贵的是生命。生命对于每个人只有一次,人的一生应该这样度过:当他回首往事的时候,不因虚度年华而悔恨,也不因碌碌无为而羞愧;这样,在临死的时候他就能够说'我的整个生命和全部精力都献给了世界上最壮丽的事业——为人类的解放而斗争'。"

郑煜辉眼含热泪回想起年轻时那个纯洁的自己,悔恨地摇了摇头。

刘伟轩叹道:"保尔是我们那一代人的偶像啊!"

郑煜辉沉重地说道:"哎,我愧对国家和人民的信任啊!"

刘伟轩满脸惋惜,叹息道:"我没想到,没想到你怎么会走到今天这个地步!儿子小时,我常常拿你的励志故事讲给他听,让他向你学习。在孩子心目中,你就是他的偶像,是他学习的榜样!如果儿子现在对我说,你让我一直学习的榜样竟是这样,我都不知该如何回答他呀!"

郑煜辉低着头愧疚地说道:"我没给孩子们做好榜样

啊！原本是考虑自己还有几年就退休了，要为儿女们留下一些什么，让他们生活得更加幸福，现在才明白，我给孩子们留下的不是钱财，而是炸弹啊！腐败的爱有毒，是我害了他们啊！"

刘伟轩道："老郑啊，从政者身后要留给子女什么是值得深思的一个课题！唐代诗人罗隐的两句诗'国计已推肝胆许，家财不为子孙谋'，告诉我们为国家大计要不惜肝脑涂地，却万万不可为子孙谋取家财。'人遗子孙以钱财，我遗子孙以清白。''四知先生'杨震廉洁奉公，一直过着清贫的生活，也从不为后辈子孙计谋前程，有人劝说他置办一些产业，留下一点家产给子孙。杨震执意不肯，说：'使后世称为清白吏子孙，以此遗之，不亦厚乎？'杨氏一家四代为相，代代'能守家风，为世所贵'。还有三国时期的诸葛亮、东汉时期的山阴太守刘宠、南北朝时期的河北郡太守裴侠、宋朝的包拯、明朝的海瑞和刘玺、清朝的于成龙，这些都是封建社会清廉尽职官员中的典范。"

郑煜辉低着头，默默地听着刘伟轩的讲述，内心却翻腾得厉害。

刘伟轩接着说道："封建社会的官员都能明白的道理，可在现实生活中，我们一些党员领导干部却悟不透。他们

七、家财不为子孙谋

市纪委书记刘伟轩在和郑煜辉谈话

为给子女留点后路,违反党纪国法,大肆进行权钱交易,为子女聚敛钱财,其结果,不但害了自己,也害了儿女,给家庭带来巨大的灾难。这些领导干部,也曾在自己的岗位上作出过突出贡献,就因为在该给孩子留点什么的问题上作出了错误的选择,断送了自己和家人的幸福与前程,更辜负了党和人民的信任!老郑啊,这么多惨痛的教训实在令人扼腕叹息,你为什么就不吸取深刻的教训呢?!"

郑煜辉泪水滑落,痛苦万分地说道:"我恨自己呀!"

刘伟轩看到郑煜辉的痛苦神情,心中也不是滋味,连连惋惜道:"你那一双儿女是多么优秀的孩子啊!"

郑煜辉泪流满面:"我犯下了不可饶恕的罪行,但和孩子们无关,他们什么都不知道啊!还有老母亲和王正梅对于我的事情更是一无所知啊!"

刘伟轩叹息道:"老郑啊,事情到了这一步已经无可挽回了!作为父亲,你爱孩子,把一切都揽到自己身上,但这是爱孩子吗?不是,这是把孩子推向犯罪的深渊!老母亲和嫂子是不知你的一切事情,这也是专案组至今还没让搜家的原因,为的就是不让老母亲受到惊吓!"

郑煜辉感激道:"我明白!请替我谢谢专案组!"

"至于郑烨伟夫妇,哎,算了,不说了。"刘伟轩起身要走。

郑煜辉一惊,紧张地问道:"老刘,别走,烨伟他们怎么了?"

"原本是怕你受不了就暂时没告诉你,他们出了车祸!"刘伟轩回答道。

"车祸!"郑煜辉惊叫一声,两眼发直,再也说不出话来。

刘伟轩走上前去,在他耳边轻轻地说了几句话,他的情绪才慢慢地平静下来。

郑煜辉激动地说:"这里面绝对有原因,有深层次

七、家财不为子孙谋

原因!"

"你好好想一想吧!"刘伟轩推门而去。

02

深夜,繁星满天,半圆形的月亮发出黄中带白的光晕,透过纱窗映照在郑煜辉的床头。郑煜辉斜靠在床头,一动也不动。

看守郑煜辉的办案人员是一位二十多岁的男青年,郑煜辉看着他又想到了自己的儿子,心里犹如刀绞一样难受,刘伟轩"家财不为子孙谋"的声音在他耳边一遍遍回响,儿子的身影在他眼前不断闪现。

儿子郑烨伟遗传了自己的聪明,21岁就毕业于某名牌大学商学院工商管理专业。大学毕业后郑烨伟没有选择出国深造,而是选择了成家立业。

郑煜辉本来想帮儿子儿媳找一个行政单位稳稳当当上班,可儿子说他要靠自己的双手来打拼一个属于自己的天地,小两口来到省城和两位同学一起注册成立了一家广告公司。

人生不能重来

一年后,他们的女儿郑凌薇出生,全家人都陶醉在喜悦之中,妻子王正梅提前办理了退休手续,把小孙女从省城接回市里,专心在家照顾孙女。而郑煜辉这一年刚从县里调到市内任副市长,正是春风得意的时候。

一天,他第一次走进儿子在省城租的家,那是怎样的一个家啊,小小的两室一厅,大概60平方米,客厅里放了一张小饭桌,两把小椅子,一侧放了几箱方便面。

看到这一切,他的鼻子直发酸,自己年少时的艰辛生活涌上心头,他不想让儿子再受一次自己受过的苦。

回到市内,他一想到儿子在省城过苦日子,心里就很难受,天天在想怎样才能帮儿子在社会上站稳脚跟,出人头地。

一次在家吃饭时,他说到儿子之事,王正梅倒认为儿子这样挺好,年轻人创业之初吃苦是在所难免的,这样更能锻炼儿子、磨练他的意志。老母亲也支持王正梅的观点,说能吃苦中苦方可成就一番事业,你不就是一个活生生的例子吗?母亲和王正梅说得有道理,他强迫自己不再想帮儿子的事情。

转眼间三年过去了,儿子的事业也有了起色,他的心中倍感欣慰!

七、家财不为子孙谋

而这一切都坏在了一个人身上,那个他所谓的亲表弟带他走向了不归路。

03

想起钱飞,郑煜辉恨得牙齿咬得咯咯直响。

自幼母亲带着他愤然离开钱家后,几十年来钱飞全家没有一个人来看望过母亲一次,恰恰是在自己刚刚宣布当副县长的第二天,这个表弟钱飞就找到家里,抱住姑妈钱玉英痛哭一场,说他父母双亡,现在世上只有姑妈一个亲人了。

钱飞的那个哭声让老太太眼泪直流,不计前嫌的她认下了这个侄子。

从此,钱飞三天两头到家里去找郑煜辉,郑煜辉说我可以认你这个表弟,但你不能打着我的名义在外面做事,更不能找我办任何违背原则的事!钱飞连连说不会。

老太太也警告钱飞不能打着表哥的名义做任何违法之事,不然就不认这个娘家侄子。

郑煜辉是从王正梅的口中了解到这个表弟很聪明,什么赚钱他做什么，十几年下来拥有了上亿元资产，也成了什么公司的老总。

郑煜辉清楚地记得自己被拉下水的那一天，钱飞提着一个黑色公文包小心翼翼地走进他的办公室。

郑煜辉不悦地问道："现在是办公时间，你怎么来这里了？"

钱飞满脸赔笑说道："哥，您别生气，我去家里多次都没等到您，这不是没办法才来到这儿找您嘛！"

郑煜辉努力克制不满："有什么事吗？"

钱飞讨好说："哥，我新开了一家饭店，主打纯绿色食品，想请您去尝个鲜。"

郑煜辉拒绝道："不行，我去了影响不好！"

钱飞央求道："哥，这些年弟弟可是遵守诺言没求您办过任何事情，今天就单纯想请您吃个饭，您要不去可就太不近人情了！"

郑煜辉心想这些年自己从县长、书记到副市长，这个表弟还真没求他办过事情。想到这儿，他防备的心情有点缓和，解释道："钱飞，想在一起吃饭，你可以到家里呀！让你嫂子炒几个菜，咱兄弟二人可以喝几杯，饭店人来人往的，我去会影响不好！"

七、家财不为子孙谋

钱飞笑道:"哥,您顾虑太多了!人多的地方弟能让您去吗?我向来是顾惜哥的名声胜过自己的!我这个饭店还没正式开业,主厨等一些人才到位,今天您若能给我个面子前去品尝,整个饭店的食客只有我们两人,不会碰到任何人!"

经不住钱飞的再三相劝,下班后,郑煜辉按照钱飞留下的地址来到了饭店。

04

饭店在郊区的树林里,一座古色古香的金色大门上方挂着一块匾,上面写着三个绿色大字——仙客来。

钱飞已早早地立在饭店门口迎接他。

随钱飞走进饭店,他看到一幢幢具有乡村风情的精致小房子散落在苍翠树木的掩映之中,置身其中恍如远离了所有的都市尘嚣,宁静幽远的感受令人神驰。

"怎么想起在这个地方开饭店?"他问道。

"现代人生活节奏快,压力也大,闲暇时都想找一个能够释放心情的地方,而人只有在大自然的怀抱中才能彻底放松,我考察了多次才决定在这个天然氧吧中开一家纯绿色的饭店。"钱飞笑嘻嘻回答道。

他心中暗想这个小学都没毕业的表弟的确具有商业眼光,能在短短十几年就拥有上亿身家,说明这人在某些地方具有超人本领。

"这么多房间投了多少资金?"他问道。

"七千多万。"钱飞回答道。

"这样几座房子能投七千多万?"他有点不相信地问。

"是的。"

谈话间,钱飞已把他带到一座竹林小院,竹门上方一个金色的小匾上写着"竹林苑"。

走进竹林苑的房间,他才相信钱飞说投了七千多万元,的确物有所值。这是一座三室两厅的大套房,里面装修极为豪华,不亚于五星级套房。整屋通铺红木地板,红木沙发在客厅中央围成一个"凹"字形,中间放着长方形的红木茶几,沙发后面的墙壁上嵌着酒柜,里面有那种瘦长的轩尼诗XO、细颈圆肚的人头马XO、拿破仑炮架、金牌马爹利,还有茅台、五粮液等中外名酒,一侧餐厅酒柜正面是窄长的酒吧台,红色的木纹油光发亮,吧台的前方,并排放着三张高脚矮背黑色的真皮转椅。三间卧室超大,每

七、家财不为子孙谋

间足足有 60 平方米，里面的每一个细节都经过典雅装饰，尤其是精致前卫的磨砂玻璃幕墙浴室，若居住其中定会领略美的享受，让一天的劳顿烟消云散，尽享夜晚风情。

他问钱飞道："你这儿不是单纯的饭店？"

钱飞道："因为这儿空气很好，吃完饭可以在这儿散散步，呼吸一下新鲜空气，礼拜天小住一晚，第二天会精神百倍，真的，我试过，改天您可以带嫂子她们来体验一下！"

此时，他又一次想到了儿子在省城租住的小房子，内心隐隐作痛。

钱飞看到他的脸色黯淡下来，以为自己又说错话了，赶紧解释道："哥，您别多想，我没别的意思！"

他走到餐厅，坐在欧式椅子上，软软的，感觉挺舒服。

钱飞急忙拿起客厅里的对讲电话道："准备上菜。"

他问道："你这饭店有几套这样的房子？"

"总共有十套，开业后一天只接待十批人，主要是针对家庭和一些相约来郊外度假的人们。"钱飞回答道。

"你还真有商业头脑！"他由衷地称赞道。

听到他鲜有的称赞，钱飞的眼睛笑得眯成一条缝。

一会儿工夫，一桌用野山药、野鸡子、玉米、南瓜、红薯等做成的鲜美农家菜呈现在他们面前,清香的菜味扑鼻而来,让人立刻有了食欲。

钱飞从酒柜里拿出一瓶人头马 XO,激动地对他说道:"哥,这么多年,今天咱兄弟两个是第一次坐在一起吃饭,无论如何得喝点酒!"

他急忙摆手拒绝,但钱飞已经麻利地打开了酒瓶,倒了满满的一杯酒放在了他面前。

他无奈地对钱飞道:"我只喝这一杯,下午我还有好多事情要处理。"

钱飞连连点头说:"好的,好的。"

这时,一阵悠扬的古筝声传了过来,他侧耳倾听。那是名曲《春江花月夜》,琴声悠悠的,忽如三月春风袭来,沁人心脾。尘世的喧嚣、工作的劳累远离而去,一股浩瀚无垠、气势宏伟之情油然而生。

曲尽,他还陶醉在一种宁静、温馨的氛围之中。

钱飞笑问道:"哥,你听迷了?"

他如梦初醒般叹道:"好长时间没听到如此美妙的琴声了!"

钱飞对他赞道:"哥,您这些年一心扑在工作上,哪还有时间听听音乐!"

七、家财不为子孙谋

他感叹:"的确有二十多年没听到这首曲子了,还是和你嫂子谈恋爱时听你嫂子弹过!"

"要不我把弹古筝的人叫来现场再给您弹一首?"

他摇头道:"算了,不用了!"

钱飞劝道:"哥啊,您好不容易出来一次,今天就听弟弟安排,彻底放松一下。"他对刚进来上菜的服务员说道,"去把弹古筝的人叫进来,现场再给我们弹一首。"

服务员答应一声向外走去。

一会儿,两个服务员搬着古筝和凳子进来了,她们身后跟进来一个二十多岁的年轻女孩。

服务员把古筝放好,女孩立在古筝的一侧向二人鞠了一躬,然后问道:"请问你们想听什么曲子?"

他本来正在低头吃东西,听到一句甜润的问话后抬起头来,一个头发高挽,身穿淡雅连衣裙,秀雅的脸上荡漾着春天般美丽笑容的女孩映入眼帘。

钱飞意味深长地看了他一眼后对女孩道:"给我们再弹一首《高山流水》。"

他道:"还是再弹一遍《春江花月夜》吧。"

钱飞急忙附和道:"对,对,再弹一遍《春江花月夜》。"

女孩微笑点头,轻拨琴弦,优美轻柔、晶莹透明的音乐倾泻而下。

窗外,花影摇曳,暗香浮动。屋内,琴弦仿佛充满灵气,时而清月吐辉、花枝弄影,时而青山叠翠、微风轻拂,时而水天一色、波心荡月,他感觉自己飘飘欲仙,不知今夕何夕。

曲尽,女孩站起身来给他敬酒,他接过酒杯一饮而尽。钱飞惊奇地看着他道:"哥,您酒量可以啊!"

他笑道:"今天听到如此美妙的曲子,不尽兴饮酒岂不遗憾!"

"要不让她再弹一曲,咱们再喝一杯酒行不行?"钱飞建议道。

"算了,让这姑娘休息一下吧!"他微笑着说道。

"看领导对你多关心,还不赶快再给领导敬一杯酒!"钱飞命令女孩道。

女孩慌忙端起来一杯酒敬他道:"美酒敬知音!"

他饶有兴趣地看着女孩笑问道:"美酒敬知音?"

钱飞训斥女孩道:"你这小姑娘别瞎用词,领导咋能是你知音,你自己先罚一杯酒!"

郑煜辉忙制止钱飞道:"你别训她,让她说说理由嘛!"

七、家财不为子孙谋

女孩不慌不忙地说道:"领导自然明白我的意思,我从领导的眼神中知道您通晓音乐!"

"呵,你眼神挺厉害!"他称赞道。

女孩双手端着酒杯对他道:"既然我说对了,那就请领导饮下这杯酒。"

他微笑着接过酒杯一饮而尽后向女孩问道:"你叫什么名字?"

"我叫魏青青。"女孩回答道。

"青青子衿,悠悠我心!"

"但为君故,沉吟至今!"

二人会心地一笑。

"我怎么听不懂,你们二人在打哑谜呢?"钱飞不解地问道。

他解释道:"这是曹操《短歌行》里的几句诗!"

钱飞笑道:"我不懂,你们二人倒有共同话语!"

魏青青低头抿嘴而笑!

"今天很高兴,要不让青青坐下陪咱哥俩喝几杯?"钱飞向他建议道。

连他自己也奇怪那天怎么没有当场拒绝,就是这一场酒宴为他拉开了堕落的序幕。

魏青青劝酒功夫一流，一会儿工夫他就迷迷糊糊，不知身在何处了！

他酒醒时已经是第二天早上了，当他睁开双眼，魏青青正全身赤裸躺在他的胸前熟睡，这时他知道自己已经被钱飞算计，心中后悔得真想撞墙而死！

王正梅的影子在他脑海中一遍遍闪现，他一把推开魏青青，急忙下床想立刻离去，但是他懊恼地发现根本走不了，因为他也是全身一丝不挂，他急忙扯下床单裹住自己。

此时魏青青趴在床上，狡黠地高声笑着，昨晚弹古筝时的高雅气质已荡然无存。

他气恼地问她："怎么会这样？你为什么在这里？"

"我怎么会在这里？不是你拉着我不让我走吗？"魏青青反问道。

他知道自己现在已是刀板上的鱼肉，只有乖乖任人宰割，再多说什么也是无用。

魏青青起身到一边的衣柜里拿出衣服递给他，他默默地穿上衣服后来到客厅。

钱飞正坐在一侧的沙发上抽着烟，看到他走出来慌忙站起来笑道："哥，您醒了？"

他走到钱飞面前怒气冲冲地吼道："这一切都是你设计

七、家财不为子孙谋

好的?"说完扬手抽了钱飞一个大嘴巴。

钱飞捂住一侧的脸辩解道:"哥,我昨晚也喝多了,躺在沙发上睡了一夜,这不我也是刚醒啊!"

他气愤地叫道:"钱飞,你别再给我狡辩!"

钱飞冷笑道:"郑煜辉,你不要敬酒不吃吃罚酒!"

他冷冷地看着钱飞道:"狐狸尾巴终于露出来了!从今往后咱们不认识!"说完他向外走去。

钱飞快走几步拦在他前面怒道:"想拍拍屁股走人,没那么容易!"

"你想干什么?"他气愤地问道。

"咱们谈谈!"钱飞道。

"无话可谈!"他怒道。

"要不要看一下你和青青昨晚的大战?"钱飞威胁他道。

他只感觉自己大脑一片空白,恨恨地看着钱飞骂道:"卑鄙小人!"

"我们彼此彼此,你不也是表面光鲜、内心肮脏透顶的'两面人'吗?"钱飞反驳道。

他脚步踉跄跌坐在沙发上,恨不得找一个地缝钻下去。

这时魏青青已经穿戴整齐,风情万种地走到他面前道:"你们哥俩可不能失了和气啊!"

看到魏青青,他想到了罂粟花,浑身禁不住打了一个冷颤,内心禁不住叹道:"悔已晚矣!"

钱飞向魏青青使了个眼色,她坐在他身边劝道:"市长啊,大家都说您是廉洁从政、一心为民的好干部,我认为大家所言非虚,您真是一位好领导!"

听到魏青青一席话,他的脸如火烧般滚烫,眼泪差一点滑落下来。

钱飞见状坐到他的另一侧,满脸堆笑道:"哥,我刚才一时情急,您千万别往心里去。再说,您是我的亲表哥,我能害您吗?"

郑煜辉不置可否,内心痛苦难耐。

钱飞接着道:"您这么辛苦,我是想让您放松一下!"

他愤怒地看着钱飞道:"放松一下!有你这样让人放松的吗?你可把我害惨了!"

魏青青轻声道:"您这么说我可是很伤心的啊!现在受害的是我,可不是您,我以后还怎么结婚、怎么见人啊!"

钱飞气道:"都是这该死的酒精惹的祸!"

魏青青嘤嘤地哭了起来。

"别哭了,你先出去,我哥是负责任的好人,一定不会亏待你!"钱飞假装安慰她道。

七、家财不为子孙谋

魏青青哭着跑出客厅,但他知道出去这个门她就会露出胜利的笑容,因为他们的计策已经成功,他成了他们的网中之鱼。

他摇了摇头苦笑:"多年的坚守毁于一旦,看人不清,交友不慎啊!"

钱飞强忍不满道:"哥,现在像您这样的干部还有多少啊?再说您年龄也不小了,排在您前面的三位副市长都比您年轻,您往上升的希望基本没有了,何不趁现在有职有权,给儿女多留点积蓄,您看烨伟夫妇在省城过的是什么日子啊?"

钱飞的这一席话说到了他心里,他沉默无语,这几年,儿子一直是他心中的痛。

05

贪腐的大门一旦打开,就加速了步入地狱之门的脚步。

在郑煜辉的帮助下,钱飞拿下了诸多项目的开发权,有的项目一转手就赚了几千万元,当然每次钱飞都会孝敬他一笔不小的数目,还多次向他介绍自己的朋友,成功之后抽取好处费。

一开始他也是胆战心惊,后来认为做得比较周密,不会出什么事,胆子也就越来越大了。

不久,他利用自己分管城市规划、建设、交通、市政公用等工作的职权,让儿子在江丰市成立了一家拍卖行。他清楚地知道,江丰市规定,工业用地必须在中央备案,对超过两年未开发且属于招标拍卖范围的项目用地,一律由政府收回土地使用权,而从市到县每一块商业用地,都要通过在拍卖会上竞拍才能得到使用权。只是,政府出让的土地要改变用途,必须由政府先收回土地,再由规划部门改变土地使用性质,通过公开拍卖的方式卖出。而如果原来土地使用权是私人或者是公司的,要想把工业用地改为商业用地或住宅用地,就要向政府申请,分管领导批示后,具体的"招拍挂"过程需要走"流程",而这就是他让儿子成立拍卖行的目的,因为他可以利用主抓城建之机,拿到足够多的拍卖资源给儿子公司做,更重要的是这个行业操作隐秘,只是中介,既不买也不卖,看起来非常合法。

儿子成立的公司名字叫伟怡拍卖行,公司营业执照上写的经营范围是:"各种有形物品、无形资产及公物的拍卖",但是,公司没有做过一单文物和艺术品的拍卖,做的

七、家财不为子孙谋

全是涉及土地的"政府生意"。

两年下来,拍卖成交额累计达到7亿元,几乎囊括了江丰市所有大型公物拍卖项目。每宗单子抽取5%的佣金,赚得已是盆满钵满,再加上儿子儿媳与钱飞等一些人合作的其他项目,他相信儿子已是商界成功人士。

他站在儿子在省城400多平方米的别墅内,内心充满欣慰!

可现在他才真真正正地明白是自己把儿子害了,是自己把儿子送上了不归路,他心中一次次重复着"家财不为子孙谋",趴在床上泪洒被褥。

06

夜晚,市纪委书记刘伟轩正在书房里审阅文件,刘朋敲了一下门走了进来。

刘伟轩抬头看着儿子问道:"有事啊?"

刘朋有点紧张道:"爸爸,您别怪我,我本不该向您打听您工作上的事情,但是郑雅琳是我大学同学,她也没别的要求,只是想了解一下她父亲的一些情况!"

刘伟轩沉思了一会儿说道:"孩子,爸爸不会怪你,这是人之常情嘛!她父亲郑煜辉出了这么大的事情,你以为我就不心痛吗?我也曾为他惋惜、为他痛心,甚至还为他流下了眼泪!但是,对违法违纪人员必须坚决查处,因为在反腐败问题上我们党没有退路,我们国家没有退路啊!"

刘朋问道:"爸爸,郑伯伯的事情很严重吗?"

刘伟轩叹息道:"不是一般的严重,现在……哎,算了,工作上的事情不说了,雅琳一家的生活要是遇到什么困难,你作为她的老同学要多多帮助她!"

刘朋点点头道:"知道了!"

刘伟轩看了儿子一眼沉重地说:"孩子,爸爸一直对你要求严格,其实是为了保护你,因为有一些人为达到自己的目的用尽一切手段拉拢腐蚀领导干部和他的家人,如果意志不坚定就会被拉下水步入犯罪的深渊!爱子之心人皆有之,作为父母,尤其是作为领导干部的父母,给孩子留下什么是值得深思的问题!"

刘朋看着父亲没有说话。

"儿子,爸爸今天告诉你,将来我离开这个世界时,没有多余的物质财富留给你,只留给你精神财富!"

七、家财不为子孙谋

市纪委书记刘伟轩在和儿子谈论家财不为子孙谋

刘朋平静地对父亲说道:"爸爸,我一直很欣赏林则徐的一副对联'子孙若如我,留钱做什么?贤而多财则损其志;子孙不如我,留钱做什么?愚而多财益增其过'。"

刘伟轩望着儿子欣慰地点点头。

刘朋接着说道:"郑雅琳其实很优秀,学习成绩也很好,她是我们学校交流到美国读硕士的几个优秀学生之一,没有通过什么关系,完全靠的是自己的实力,硕士毕业后她又考取了博士,说实话我很佩服她!就算出生在寻常人家,她也会大展宏图,实现自己的抱负!"

刘伟轩叹道:"是啊!这女孩非常有上进心!前几年我

们几个老同学聚会时，大家对老郑拥有如此优秀的女儿都羡慕不已！要不是当时你们两个都谈着朋友，我和老郑还真想撮合你们两个在一起呢！"

刘朋苦笑道："爸爸，又和我开玩笑！"他看着父亲认真地说，"爸爸，我问您一个问题，您可要说实话！"

看到儿子一本正经的表情，刘伟轩笑道："什么？"

刘朋问道："假如当初我和郑雅琳在一起，但她成了贪官的女儿，您还会同意我们结婚吗？"

刘伟轩沉思片刻："怎么这么问？"

刘朋催促道："您说嘛！"

刘伟轩道："她的父亲没有坚守底线，但孩子无错呀！现在不是封建社会，怎还会株连九族啊！"

刘朋叹气道："但愿其他父母的想法都和您一样啊！"

刘伟轩问道："雅琳男友的父母不同意他们的婚事了吗？"

"我不知道，但我感觉雅琳会受到伤害！"刘朋担心地说。

"唉，但愿这孩子能坚强地跨过这道坎！"刘伟轩叹息道。

七、家财不为子孙谋

07

父亲出事已经有一个多月，社会上的传言很多。郑雅琳不相信父亲会变，想去刘朋家找刘伟轩了解父亲的情况，但没有勇气去敲开刘朋家的大门。

这一天傍晚，她正在刘朋家门前徘徊。这时，刘伟轩回来了，她顿时一惊，像只受惊的小鹿，转身逃也似的离开了。

恰巧刘朋也回来了，刘伟轩赶忙说道："是不是雅琳来了，你快去把她追回来。"

刘朋应声而去，一路追到小区后的花园边，终于追上了郑雅琳。

郑雅琳满脸泪痕，泣不成声地说道："刘朋，对不起，我不敢去见刘叔叔。我不相信我爸爸会变，在我的记忆中，爸爸没有陪我和哥哥去过一次公园，没有参加过我们一次家长会，他一直是为工作勤勤恳恳、任劳任怨，每天都是深夜才拖着疲惫的身体回家，天刚亮又急匆匆回到单位处理事情！有时忙得连饭也顾不得吃，他的胃病就是这样患的！在我的心中，爸爸是一位廉洁奉公的好干部，逢年过节没有人能敲开我家的门，他更不允许我和哥哥接受别人一点东西！我不相信这样一个人会是贪官啊……"

刘朋静静地听着，轻轻拍着她的肩膀，等她稍微平静些才说道："雅琳，我理解你的心情，可是这事实摆在眼前，咱们也得面对。"

郑雅琳停止哭泣，泪眼朦胧地看着刘朋，可怜兮兮地问道："我爸爸真的是……""贪官"这两个字她没有说出口，她好怕听到肯定的回答。

刘朋叹了口气，说道："雅琳，我也听说郑伯伯的确做了不少有益于百姓的事情，也曾是敬业勤奋、刚正不阿的人民公仆，但是最后他没能坚守廉洁底线，步入了犯罪的深渊！对此，我们都感到很痛心！"

郑雅琳听到这话，绝望地又哭了起来。

刘朋的眼眶也红了，他强忍泪水，劝道："雅琳，别哭了，事情已经这样了，咱们得往前看。"

郑雅琳接话道："我还怎么往前看啊！现在我妈和奶奶为我爸爸已经快要精神崩溃了。刘朋，你帮我求求刘叔叔，能不能请他帮忙让我们见一下我爸爸？哪怕是看上一眼也行！"

七、家财不为子孙谋

刘朋面露难色，说道："雅琳，现在恐怕不行。"

郑雅琳痛苦不堪，喃喃自语道："我不知道回家后如何向奶奶和妈妈交待！"

刘朋安慰她道："雅琳，事已至此，咱们没办法改变。你要配合好专案组对郑伯伯的调查，也要照顾好奶奶和妈妈。有啥困难随时联系我。"

郑雅琳点点头，随即又低下头，泪水不受控制地簌簌落下，她紧咬嘴唇，双肩不停地抽动，整个人被无尽的悲伤笼罩。

刘朋看到她如此悲痛欲绝，心疼极了，赶忙说道："雅琳，别哭，我给你讲个故事吧。有一个美国人、一个法国人、一个犹太人将被关进监狱三年，监狱长说可以满足他们每人一个愿望。美国人爱抽雪茄，要了三箱雪茄。法国人最喜欢浪漫，要了一个美丽的女子相伴。而犹太人却说，他要一部手机。三年后，第一个冲出来的是美国人，嘴里、鼻孔里塞满了雪茄，大喊道，给我火，给我火！原来他忘了要火柴了。接着出来的是法国人，只见他抱着一个孩子，女子领着一个孩子，她的肚子里还怀着第三个孩子。最后出来的是犹太人，他紧紧握住监狱长的手说，这三年来我每天与外界联系，我的生意不但没有停，反而增长了

200%，为了表示感谢，我送你一辆豪华轿车！"

郑雅琳听完，若有所思地说："谢谢，我明白你的意思，这个故事告诉我，什么样的选择决定什么样的生活。"

刘朋点点头，说道："雅琳，你能明白就好。爸爸还在家等你，我们回去吧！"

"我就不去家里打扰刘叔叔了，你代我向叔叔和阿姨问好！"郑雅琳强挤出一丝笑容。

刘朋知道郑雅琳内心的苦楚，点点头道："好吧！你也先代我向奶奶和阿姨问好，改天我去看望她们。"

告别刘朋后，郑雅琳悲痛欲绝，回到自己家门口时已是黄昏，她没有回家，而是跑到小区后的人工湖边，大声喊道："为什么？为什么？为什么？"凄惨的叫声，惊散了在湖面上低飞的几只野鸟。

八、等闲变却故人心

01

老太太一个人默默地坐在客厅里,神情呆滞。

电话响起,老太太一动未动,置若罔闻。

王正梅走进客厅,拿起话筒:"什么?凌薇在学校与同学打架了?还抓伤了同学的脸!好、好,我马上过去、马上过去。"

老太太依然呆坐在那儿无动于衷,两只眼睛死死地望着外面。

王正梅匆忙走出自家院子,在小区的假山旁,突然听到不远处有几个女人在指指点点地议论:

"听说郑市长在外面也有女人,这次被查出来了。"

"是吗?先前不都是说……"

"嗨,现在的男人还有多少不粘腥的!"

一女人突然看到王正梅正向这边走来,急忙向大家使个眼色道:"走、走,到我家打牌去。昨天输了那么多,今天一定要赢过来。"

"打牌去、打牌去!"

……

王正梅急忙绕开走在另一条路上,忽然间,她感到天旋地转,她手不自觉地扶住身边的栏杆,身子不听使唤地滑坐在旁边的椅子上。她长长地喘了一口气,拿出手机拨了个电话。

02

郊外林荫道上,郑雅琳和甄浩男从远处走来。

郑雅琳满脸悲伤地说:"自从爸爸出事后,奶奶一直沉默寡言,天天祈求上天保佑爸爸平安归来,保佑哥哥嫂子早日痊愈回家,可她哪里知道,她的这些愿望都会落空,哥哥嫂子已不可能再回来，爸爸也……"

甄浩男安慰地拍了拍她的肩膀，深情地注视着她说："雅琳，你一定要挺住、挺住！这一段时间你瘦多了！别忘了你还有我，我会永远爱你、支持你，所有的事情咱们两个一起承担。"

郑雅琳心中感激，却摇摇头道："不，我现在成了罪犯的女儿，我不想让别人对你也指指点点！不想连累你，咱们分手吧！"

"别说傻话，我不在乎别人说什么，更不会在乎你的家庭。我爱的是你，不管你家里发生什么事，我都会一如既往地爱着你！"甄浩男急道。

郑雅琳痛苦道："爱情不会在意世俗，世俗却能让爱情夭折，咱们两个注定不会有结果！"

甄浩男更加坚决地说："在真爱面前，我不会放弃。哪怕你要求我放弃，我也决不放弃。"说完他拉着郑雅琳的手向前走去。

郑雅琳无奈地看了一下甄浩男，二人各自满怀心事默默走着。

郑雅琳手机响了，她急忙按下了接听键："妈，什么？凌薇和同学打架啦！好，我马上过去。"

"凌薇怎么了？"

"妈妈说凌薇和同学打架，老师让家长到学校接她！妈妈太可怜了，自尊心极强的她一定是不好意思出门，才给我打电话让我去接凌薇的。"

"别难过，阿姨过一段时间就会好的！我送你去学校。"二人向停车场走去。

这时甄浩男突然想起一件事，急忙问道："雅琳，哥嫂DNA鉴定的事你问过没有？怎么还没有结果？"

"我去了两次都没找到人，说是当时处理哥哥事故的交警出差了。我也打了多次电话，他们都说没有结果！"

甄浩男安慰她道："别急，过几天我陪你去事故处查问一下！"

郑雅琳点点头，二人上车向郑凌薇学校驶去。

03

王正梅从小区的椅子上勉强站起身来，她跟跟跄跄地来到小区后面的凉亭里。

这座凉亭也是小区的美景之一，它建在人工湖泊中央，

八、等闲变却故人心

八根红色的木柱子支撑着宝塔状的塔顶,塔顶是金黄色的,与连接亭子的木桥的颜色遥相呼应,站在亭子中央,小区的美景尽收眼底,令人心旷神怡。

此刻王正梅站在亭子中央,她已经没有心情欣赏什么美景,只感觉阵阵凉风袭身而来,刚才几个女人交谈"听说郑市长在外面也有女人……"的声音一遍遍在她耳畔回荡。

往事犹在昨天,一幕幕清晰地展现在眼前……

燕熙大学校园内,风景如画,后面的燕湖湖畔更是景色宜人,湖面上总会有几只天鹅嬉戏,这儿是同学们闲暇时常来的地方。

一天午后,阳光明媚,王正梅的心情也极为愉悦,便手拿画板来到湖边一僻静处写生。

几只天鹅正在湖里舒心地洗着澡,不时舒展着身子,悠闲地嬉戏着,时而展出轻盈的舞姿,显得那样的潇洒、优美。

王正梅被湖中温馨的画面感动了,她拿起画笔聚精会神地画了起来。一会儿一只昂头向天、展翅欲飞的白天鹅跃然纸上,这时背后传来鼓掌的声音。

王正梅吃惊地转过头去,看到一个身穿陈旧衣服但长相英俊的男孩正站在她身后鼓掌。

男孩看到王正梅神情不太高兴，忙不好意思地解释道："看到你画的天鹅栩栩如生，我忍不住鼓掌，没有想到这样会惊吓到你，对不起，对不起了！"

男孩连连道歉，王正梅也不好再说什么，就继续画了起来。

两个多小时过去了，王正梅收起画板正准备离开，正在不远处徘徊的男孩紧走几步走了过来对她说："你画得太神奇了，一会儿工夫就把大自然中的美景描绘得如此逼真！"

王正梅心想这个人怎么这么奇怪，怎么还没走啊！

男孩仿佛看透她的心思，自嘲地笑道："我很羡慕画家，但我没这方面的天赋。我从没画好过一张画，我刚才在地上也画了一只天鹅，请你帮我指导一下，行吗？"

王正梅走到男孩站的位置一看，"扑哧"一声笑了出来，男孩也跟着她哈哈大笑。

"画的像一只小鸭子！"王正梅笑道。

"对，画的像一只丑小鸭！"男孩笑着附和道。

王正梅安慰他："只要你努力，终究有一天会把丑小鸭画成白天鹅的。"

八、等闲变却故人心

男孩认真地说道:"如果拜你为师倒还有可能!"

"我只是业余爱好而已,自己画的也不规范,怎么能指导别人作画呢!"

"你太谦虚了!我可以自我介绍一下吗?"

王正梅抚摸着自己的长辫子,轻轻点了点头。

"我叫郑煜辉,是历史系的。"

"啊,你就是学生会主席郑煜辉?我听过你的演讲'历代帝王成败原因浅析',很有见地啊!"王正梅面露欣喜。

郑煜辉谦虚道:"哪里,我只是发表了一些不成熟的看法,不一定正确,请你多提宝贵意见!"

王正梅没想到自己会在湖边碰到校学生会主席郑煜辉,他可是好多女生心中的白马王子呀!大家都在传说他多才多艺,琴棋书画样样精通,更拥有过目不忘的超人本领!一时,她的心怦怦直跳,不知道该说什么好!

郑煜辉看她低头不语,便笑了笑道:"来而不往非礼也,能不能告诉我你的芳名?"

王正梅迅速调整一下自己的娇羞心情,说道:"我叫王正梅,中文系的。"

"疏枝横玉瘦,小萼点珠光。一朵忽先变,百花皆后春。欲传春信息,不怕雪埋藏。玉笛休三弄,东君正主张。"郑煜辉诵道。

王正梅感慨道:"你背的是宋代陈亮的梅花诗,没想到历史系的同学也精通诗词!"

"谈不上精通,小时候倒是跟着母亲背了不少诗词!"

"你的母亲一定是一位气质高雅的大家闺秀!"

郑煜辉的脸色黯淡下来,哀伤地说道:"她身世可怜,这一辈子吃了好多苦!"

看到郑煜辉说到母亲时情真意切的表情,王正梅心想他是一个孝子,对他的好感不觉又多了几分,她真诚地说:"你的母亲是一位伟大的母亲!"

郑煜辉点点头,转而又对王正梅赞道:"你的名字起得好,正义凛然的傲雪梅花,梅花象征坚韧不拔、百折不挠、奋勇当先、自强不息,别的花都是春天才开,它却不一样,愈是寒冷,愈是风欺雪压,花开得愈精神、愈秀气。"

王正梅含羞点头道:"谢谢!"

天色渐晚,夕阳的余晖洒在王正梅的身上,她显得格外美丽动人。

郑煜辉默默地注视着王正梅,似乎还有好多话要说,但一时又不知从何说起。

"我该回寝室了!"王正梅说,语气中有几多不舍。

八、等闲变却故人心

郑煜辉从她手里接过画板说:"我送你吧!"

"不用了,谢谢!"王正梅很想让郑煜辉送她,但少女的矜持作怪,就急匆匆地走了!

郑煜辉望着王正梅的背影长叹一口气。

从此后,王正梅发现在学校不管走到哪里总能看到郑煜辉的身影,她的心中有种说不出来是欣喜还是别的什么感觉。每当别的女生一起议论郑煜辉时,她总是默默地认真听着,直到有一天一女生高声说咱们的白马王子已经有女朋友了,咱们都别想了!

她听后感觉心里酸酸的,想问他的女朋友是谁,可又不好意思问。这时别的女生问白马王子的女友是何方神女,她赶紧睁大眼睛支着耳朵听。

发布消息的女生说是历史系的一位漂亮女生。

其后别的女生再说什么,她便没兴趣听了,一个人又来到了燕湖湖畔。

美丽的燕湖,景色依然,可在她眼中已经没有任何美感可言,她的心中不停地在问自己:"我这是怎么了?我这是怎么了?天啊!难道我喜欢上他了?"

"不可能!"她低声自语道。

"什么不可能?"一个声音从她旁边传了过来。

"郑煜辉!"她惊叫道。

"到!"他响亮地回答道。

"你为何总这样神出鬼没地吓人!"她心中疑惑,想问个明白却说不出口,一时气恼,头也不回地走了。

郑煜辉伸了一下舌头对她的背影道:"对不起,别生气,我不是故意的。"

自从听到郑煜辉有女朋友的消息后,王正梅就处处躲避着他,有时碰面后也赶紧转身走开。

终于有一天二人相遇,她正要转身走开,郑煜辉抢先一步截住她道:"王正梅,你为何老躲着我呢?"

她喃喃回答道:"没有呀!"

"你是不是对我有什么误会?"他问道。

"没有,我这一段时间很忙!"

"那咱们能谈谈吗?"他小心翼翼地问。

"咱们有什么可谈的,要引起你女朋友的误会就不好了!"她低声道。

"女朋友!"郑煜辉重复这三个字后,开心地看着她笑了起来。

"你笑什么?"

"因为我知道你躲避我的原因了!"他看着她,眼里的

八、等闲变却故人心

笑意更浓。

心事被人看穿,王正梅的脸一下子变得红彤彤的。

郑煜辉笑道:"看来我有必要解释一下!"

"没必要,你有没有女朋友和我有什么关系呢!"

郑煜辉故意叹一口气道:"好吧,我不解释!咱们两个谈谈行吗?"

王正梅不置可否。

郑煜辉道:"你再不回答,我可当你同意了!"

王正梅无奈道:"有什么话你就说吧!"

郑煜辉狡黠地笑了笑道:"我给你讲一个故事行吗?"

王正梅点点头,二人并肩向前走去。

郑煜辉娓娓道来:"从前,有一座香火很旺的寺庙,一只蜘蛛在寺庙的横梁上落了脚、结了网。蜘蛛每天都受到香火和梵音的熏陶,日复一日便有了佛性。一千年后的一天,佛主光临了该寺庙,问蜘蛛'世间什么是最珍贵的',蜘蛛回答说是'得不到'和'已失去'。又过了一千年,佛主又来到寺庙问蜘蛛同样的问题,蜘蛛仍作同样的回答,佛主说你再好好想想。一千年后的某一天,一阵风将一滴甘露吹到蜘蛛网上,蜘蛛看着甘露晶莹美丽,顿生喜爱之意,觉得这是三千年来最开心的时刻。突然刮起的一阵大风将甘露吹走了,蜘蛛特别难过。这时佛主又来了,仍问蜘蛛同样的问题,蜘蛛仍作同样的回答。佛主说既然这样,你就到人间走一遭吧!于是,蜘蛛投胎到了一个官宦人家,成了一个富家小姐并取名为珠儿。珠儿十六岁的一天,皇帝举行庆功宴会,席间新科状元甘鹿大献才艺,在场的许多妙龄少女包括皇帝的小公主长风公主都为之倾倒,但在场的珠儿一点也不紧张和吃醋,她知道这是佛主赐予她的姻缘。后来,珠儿陪同母亲上香拜佛正好碰到甘鹿也陪同他的母亲而来,珠儿开心地认为终于有机会和喜欢的人在一起了,但甘鹿却并没有表现出对她的喜爱⋯⋯珠儿想不通,既然佛主安排了这场姻缘,为何甘鹿对自己没有一丝爱慕之意啊?几天后,皇帝下诏命甘鹿和长风公主完婚,珠儿和太子芝草完婚。珠儿想不到佛主竟然这样对她,她痛不欲生,灵魂即将出壳。太子芝草匆匆赶来对奄奄一息的珠儿说道,那次宴席上我对你一见钟情,我苦求父皇好久他才答应我娶你,如果你死了我也不活了,说着就拿起宝剑准备自刎。此时佛主来了,他对快要出壳的珠儿灵魂说,蜘蛛,甘露是风带来的,最后也是风将它带走,所以甘鹿是属于长风公主的。太子芝草是当年寺庙门前的一棵小草,他看了你三千年,爱慕了你三千年,但你却从没有低下头看过它。我再来问你，世间什么才是最珍贵的？蜘蛛顿时了悟：世间最珍贵的是'现在能把握的幸福'。珠儿的灵魂回位了，她立刻打落太子手中的宝剑，两个人深深地拥抱在一起……"

王正梅一直默默地听着故事，心中已经明白郑煜辉所要表达的意思，她故意问道："你讲这个故事的用意何在？"

郑煜辉叹道："你明白我的意思！世间最珍贵的不是'得不到'和'已失去'，而是现在能把握的幸福。自从在湖边遇到你，我的世界里就只有你！是有一个女孩很喜欢我，但我感觉你是故事里的风，而我是你的甘露，那个女孩早晚有一天也会找到自己所爱！"

听到郑煜辉独具匠心的一番表白，王正梅悬了多天的心终于放下来了，她暗想："虚惊一场啊！原来他真正喜欢的人是我！"她的心中充满了欣喜，却还是不敢接受郑煜辉的情意，因为郑煜辉太优秀，喜欢他的女生很多，她怕自己受到伤害。

不久，她又一个人来到燕湖边，看着静静无语的湖水，她的内心翻腾得厉害，不知道该怎样来处理她与郑煜辉的感情。

这时她看到郑煜辉手里拿着一张纸走了过来，把纸递给她道:"给你!"

王正梅接过纸:"什么?"

"你看看。"

王正梅低下头看到纸上写的是:此爱绵绵无绝期。

她扑哧一声笑道:"人家白居易写的是此恨绵绵无绝期,怎么到你这儿就变成此爱绵绵无绝期了?"

郑煜辉拍着自己胸脯道:"正梅,我用自己的心保证,弱水三千,我只取一瓢,这一辈子对你的爱永远永远没有尽头!"

王正梅被他真真切切地感动了,压抑了许久的情感被瞬间点燃,她转过身趴在郑煜辉肩膀上喜极而泣,他紧紧地拥住她。

她可怜兮兮地问道:"听说你要留在省城?"

他拥着她点点头道:"有这个意向,几个部门都想让我过去。"

"可是,我父母想让我回到他们身边!"她叹道。

"天涯海角永相伴!"他在她耳边说。

她用手抚摸他的脸,开心地笑了。

……

王正梅站在凉亭内喃喃重复着"此爱绵绵无绝期",伤心地哭泣起来:"郑煜辉呀,你对我说的话你全忘记了!"

她越想越伤心,活着还有什么意思呢,郑煜辉和儿子这两个她最爱的男人让她的心彻底碎了。这么多天她始终不敢问儿子葬在何处,她没勇气站在儿子坟前,直到现在她还不能接受儿子已经去世的事实,她心想:也罢,今天就去陪儿子吧,她抓住一根柱子想纵身跳进湖中,从此忘记一切,但她抬起脚时,女儿流泪的面容浮现在她眼前,她打了一个冷颤想到,我要是这么走了,我那可怜的女儿还怎么活!

她一下子跌坐在凉亭内的长凳上,曾几何时,她和丈夫坐在这张长凳上欣赏小区的美景。而今,长凳犹在,而丈夫又在何方呢?

她百思不得其解,丈夫是什么时候变的呢?一向勤勤恳恳、兢兢业业的丈夫怎会沦为人民的罪人呢?一向疾贪如仇、不敢越雷池半步的丈夫何时成了人人痛恨的官场"两面人"了?

往事历历在目,多少辛辣酸苦齐涌心头,王正梅心中暗叹:"郑煜辉,我们一步步走到今天很不容易,你为何就不珍惜呢!"

04

王正梅和郑煜辉确定恋爱关系后，一个周末的傍晚她带他回到父母家中，担任地区财政局局长的父亲倒也欣赏郑煜辉的才干，认为小伙子将来前途无量，母亲不以为然，认为一个农村娃能有什么出息，根本配不上自己的女儿，母亲坚决不同意女儿嫁给郑煜辉，甚至还放出狠话说，如果嫁给郑煜辉就和她断绝母女关系！

但王正梅是铁了心要嫁给郑煜辉，最终在父亲的帮助下，郑煜辉留在了地区团委，她也如愿以偿地嫁给了他。直到儿子郑烨伟出生，母亲才认可了他们的婚姻。

郑煜辉到团委工作后，很快崭露头角，受到领导器重，被任命为团委组织部部长，两年后又被任命为团委副书记，紧接着到阳县任常务副县长、县长、县委书记，又因政绩突出被提拔为江丰市副市长。

郑煜辉在阳县任书记的故事至今还被人们津津乐道。接任书记后，郑煜辉改变了当县长时的工作思路，迅速从事务堆里跳了出来，开始考虑发展全局。他清醒地认识到，

八、等闲变却故人心

无论是"兴一方经济",还是"富一方百姓",老百姓是否安居必须放在首位。

当时,阳县一些村庄社会治安极为不好、不良风气盛行,一些宗族、村霸操纵村务,严重影响了社会稳定。针对这种情况,郑煜辉果断地从县直机关及各乡镇选派优秀干部组成"整顿后进村工作组""小康示范村建设工作组""优化农村环境督导组",从离退休老干部中选出30名德高望重的干部组成"农村基层党组织建设顾问工作组"。

四支队伍进驻120个后进村,对50个战斗力和凝聚力差的村党支部班子进行调整,对40个工作环境差的村进行综合治理,在很短的时间内就解决了"好人受气、坏人神气"的不良局面,使百姓确确实实过上了安居乐业的生活。一时间,阳县百姓无不拍手称快,庆幸自己有一位真正为民办事的好父母官。

"治村"行动结束后,郑煜辉又针对干部中存在的作风不正、跑官要官等不良现象发起了一场意义深远的"治吏"行动。阳县是农业大县,要想赶上先进县市区,实现"十年工作一年干,快步迈入百强县"的奋斗目标,没有一支过硬的干部队伍是不可能实现的。

郑煜辉发现县里大小干部都存在午间饮酒的习惯,饭后大家都脸红脖子粗地来到单位，有的甚至关上办公室的门躲在里面睡大觉，下午干脆不办公。郑煜辉专门成立午间禁酒办公室，设立举报电话，查到一个午间饮酒的干部就处理一个。不久，午间饮酒的歪风就被刹住，干部的工作态度也大为改观，机关面貌焕然一新。

针对有些干部不专心干工作，热衷跑官要官，郑煜辉语重心长地告诫他们，要拿工作说话，要拿为老百姓做的实事说话，对于跑官要官者一律不予提拔，十几个顶风违纪的干部硬闯他办公室送钱，他都毫不留情地严重处理了！逢年过节，他和王正梅都是关上大门，任凭谁敲门也不开。

几年下来，"治吏"确实起到了良好的效果，阳县再也看不到因为干部服务不到位而影响经济发展的事情，从领导干部到一般干部，都是一心一意为经济发展服务。此后，郑煜辉又结合县情大力开展招商引资，引进800多亿元的项目投资，形成了以造纸、钢铁、建材、煤矿、食品、电子、化工、医药为骨干的工业主体框架，构筑了财源建设的"八柱擎天"之势，阳县因此入围全国百强县，郑煜辉也因思路开阔、政绩卓著被提拔为江丰市副市长。

八、等闲变却故人心

05

王正梅这些年一直在默默地支持丈夫的工作,为了让丈夫安心工作,她放弃了自己的一切爱好,全心全意在家照顾老人和孩子,让丈夫没有一点后顾之忧,可到头来丈夫还是变了,变成了她眼中不认识的陌生人!

都说妻贤夫祸少,难道自己不是贤惠的妻子?难道自己没有做好丈夫的贤内助?自己这些年都做了些什么呢?为何没有当好丈夫的贤内助,时时刻刻提醒他呢?

最近,钱飞的媳妇榆美偷偷告诉她,外面都在传郑煜辉为一个女人违法批地,她旁敲侧击地问了郑煜辉好多次,但每次他都说没事,她也就相信丈夫了,是因为她太爱他、太相信他了!

"我为什么就没有好好劝劝他呀,我好悔呀!"王正梅坐在凉亭里痛哭着责怪自己,手机响了多遍她也置若罔闻。

等闲变却故人心,却道故人心易变。湖水无言,静静地听着一位孤独无助的伤心女人的往事。

九、感月吟风多少事

01

江丰市实验小学门口热闹非凡,低年级的同学们排着长队从校内走到门口,焦急的家长们都伸长脖子在孩子群中搜寻自己的孩子,一旦看到自己的孩子后,他们便高喊孩子的名字,然后接上孩子高高兴兴地回家。

此刻,一年级教师办公室里,一女老师坐在办公桌前,郑凌薇站在她的对面,两只眼睛正倔强地望着老师。

女教师问道:"凌薇,你自己说这样做对不对?"

郑凌薇没有回答,头扭向一边,用仇视的目光瞪着坐在两个大人怀抱中且脸上全是伤痕的小女孩。

九、感月吟风多少事

门铃响了。

女教师道:"请进!"

郑雅琳推门而进。

女教师问道:"请问您是——"

郑雅琳回答道:"我是郑凌薇的姑姑。"

女教师叹道:"凌薇这孩子一向表现不错,每次考试基本上是全班第一,可最近上课总是走神,今天不知怎么了,把同学的脸抓破了!"她边说边指了指旁边两个受伤的小女孩。

郑雅琳急忙走到两个小女孩家长身边,用充满歉意的口吻对她们说道:"对不起,对不起,孩子不懂事,咱们去医院。"

一家长气愤地说:"你看你这孩子,她还瞪我呢!"

另一家长也满脸不高兴地说道:"不用去医院了,又不是太严重的伤!你家孩子太不懂事了,怎么能抓人啊!你以后一定要管好你家孩子。"

郑雅琳尴尬地连连点头:"是、是!"

女教师说道:"你们可以走了,回去后要劝劝凌薇!"

郑雅琳连声道谢,拉着郑凌薇急匆匆走出学校大门。

来到甄浩男停车处,郑雅琳蹲下身子,抚摸着凌薇的头问道:"凌薇,告诉姑姑今天为什么和同学们打架啊?"

甄浩男从车内走下来,微笑着和郑凌薇打招呼:"凌薇。"

郑凌薇看了他们一眼恨恨地嚷道:"我不想见你们,你们都是骗子!每次都说带我去看爸爸、妈妈,可直到现在也没带我去!我恨你们!"

郑雅琳生气道:"凌薇,不能这样没礼貌,快跟叔叔说对不起!"

甄浩男摇头道:"不用!"

郑凌薇大声地叫道:"我就不说对不起!我要我的爷爷,我要爸爸、妈妈!不要你们。"说完向前面跑去。

郑雅琳追上她,厉声教训道:"郑凌薇,你在学校打架倒还有理了!你为什么这样不争气?说,为什么打架?"

郑凌薇大哭道:"她们说——说我爷爷是坏人,说我爷爷被抓进监狱了。我爷爷是天下最好的爷爷,爷爷不是坏人……"

郑雅琳忍不住抱住郑凌薇痛哭起来,站在一旁的甄浩男也忍不住泪流满面。

学校门口一边的偏街上,一个戴着口罩的女人正欲向郑凌薇哭泣的方向跑去,被一个男人拉住向相反的方向走,女人在男人怀里不停地踢打着、挣扎着。

九、感月吟风多少事

02

夜已深沉,郑凌薇坐在沙发上哭泣,王正梅和郑雅琳坐在旁边想方设法哄她,老太太目光呆滞地坐在旁边一声不吭。

郑凌薇哭着大叫:"我要爷爷,我要爷爷!"

郑雅琳痛苦地哄她道:"爷爷出差了!"

"你们都骗我!爷爷每次出差都给我打电话,为什么这一次这么长时间也不给我打电话啊?"

王正梅眼含热泪:"爷爷很忙啊!"

"我不信,除非爷爷给我打电话,他自己告诉我他出差了我才相信!"

王正梅、郑雅琳难过地低下头去,不知该如何告诉郑凌薇事实的真相。

03

深夜,一片漆黑笼罩大地,郊区一楼房卧室内,偌大的房间内只简简单单地放着一张大床,昏暗的床灯下,一个女人睁着一双无神的大眼睛,坐在床上黯然神伤。

旁边一男人坐过身来道:"香怡,别想那么多了,睡觉吧!"

李香怡痛苦地说:"没想到咱们二人成了有家不能回的活死人!"

郑烨伟搂住她肩膀叹道:"现在事情既然这样了,咱们也接受了钱飞的建议,就再忍耐一段时间吧!"

李香怡把脸埋在郑烨伟怀内,喃喃地说:"烨伟,我们好不容易能够走在一起,却被身外之物所累,步入犯罪的深渊,我真后悔呀!如果人生可以重来,我宁愿咱们还像先前一样挤在小房子里,相亲相爱,一家人快快乐乐地相守一生!"

郑烨伟满怀歉意:"香怡,我对不起你,更对不起你母亲临终前对我的嘱托,我辜负了她老人家的一片良苦用心!"

李香怡趴在丈夫怀中呜呜痛哭起来,泪眼模糊中,母亲的面容闪现在眼前,她和郑烨伟的往事也一幕幕在脑海中浮现……

李香怡、郑烨伟是大学同届不同系的校友,李香怡在大学里读的是中文系,而郑烨伟读的却是工商管理专业。

九、感月吟风多少事

大三时,二人在一同学的生日宴上相识了,从不相信一见钟情的郑烨伟第一次见到李香怡就被她深深地吸引了!李香怡在他心目中简直就是闭月羞花、沉鱼落雁,是著粉则太白、施朱则太赤的标准气质美女。

他对她一见钟情!

为接近李香怡,郑烨伟用尽浑身解数:听说李香怡喜欢唱歌,一向不喜欢唱歌的他拜师学艺,还加入了校园演唱团;听说李香怡喜欢古典诗词,他从朋友处借来古代文学,还多次到中文系旁听教授讲授诗词解析,几个月下来他对诗词也能分析得头头是道……总之,只要听说李香怡喜欢什么,他就拼命地学习,目的就是能和心目中的女神有共同话题。

终于有一天,在好友聚会上他演唱了一首用元好问的词改编的歌曲《问世间情是何物》:"问世间,情是何物,直教人生死相许,天南地北双飞客,老翅几回寒暑。欢乐趣,离别苦,就中更有痴儿女。君应有语,渺万里层云,千山暮雪,只影向谁去?横汾路,寂寞当年箫鼓,荒烟依旧平楚。招魂楚些何嗟及,山鬼暗啼风雨。天也妒,未信与,莺儿燕子俱黄土。千秋万古,为留待骚人,狂歌痛饮,来访雁丘处。"

一曲唱完,李香怡早已被感动得泪流满面,这是她最喜欢的一首词，没想到这首词经过郑烨伟唱出来会那么婉转动听，让人沉醉其中。

她禁不住多看了几眼这个英俊高大的男孩，恰好每次郑烨伟都在注视着她，他们彼此从对方的眼神中读懂了内容。

不久，二人深深地相爱了！

郑烨伟带着李香怡回到家中，激动地向奶奶、父母等人介绍李香怡，他恨不得告诉全世界——自己恋爱了！

奶奶、爸爸、妈妈和妹妹都很喜欢李香怡，大家都祝福他找到了自己所爱之人。

毕业前夕，郑烨伟一再告诉李香怡想去她家拜望她的家人，李香怡却总在找借口推托。

一天午饭后，他又一次提出此事，遭到拒绝后，郑烨伟有点生气地问道："你是不是不爱我？"

李香怡笑道："你怎么会这样想？"

"假如你爱我，为何一直不让我见你的家人？"

李香怡忍不住叹气道："正因为我爱你，才没让你见我妈妈！"

"为何？"郑烨伟不解地问道。

"妈妈不允许我在学校谈恋爱！"李香怡苦笑道。

"那你怎么不听你妈妈的话？"郑烨伟坏坏地笑着。

九、感月吟风多少事

"明知故问!"

郑烨伟哈哈大笑问:"是不是抵挡不住我这英俊帅哥的魅力?"

李香怡白他一眼笑道:"臭美!不过,你若真过不了我妈妈这一关,咱们怕是要做好分手的准备。"

"这都什么时代了,还会有惟父母之命、媒妁之言的婚姻?"郑烨伟不相信地问道。

李香怡轻叹一口气道:"你不了解我的家庭,我是妈妈在孤儿院领养的孩子,我六岁时养父出了车祸去世,妈妈为了我再未改嫁!"

"好一位伟大的母亲!"郑烨伟由衷地赞叹道。

"养育之恩大如天,对我来说妈妈就是天,她的话对我而言就是'圣旨'!可惜我爱上了你,违背了妈妈不让我在学校谈恋爱的规定!"李香怡叹道。

"我一定会想办法让你妈妈接受我!"郑烨伟信心十足。

"她挺挑剔的,一般人不会入她法眼!"李香怡担心道。

"咳!李香怡你太小看我了,我是一般人吗?"郑烨伟不满道。

李香怡掩嘴而笑:"就是、就是,我说错了,你可不是一般人!"

"这还差不多!"郑烨伟点点头,一脸得意。

"你这人真有意思!"李香怡忍不住取笑他。

"我不打无准备之仗,你简单跟我说一下你妈妈的情况。"郑烨伟认真地说。

"我妈妈早年毕业于燕熙大学,毕业后留校,现在是燕熙大学历史系的教授……"李香怡正骄傲地介绍着自己的妈妈,郑烨伟打断了她:"慢着、慢着!"

"怎么,紧张了?"李香怡不禁取笑他。

"不是紧张,你刚才说你妈妈毕业于燕熙大学?"

"是啊!"

"这么巧。我爸爸、妈妈也是毕业于燕熙大学,说不定他们还是同学呢!"郑烨伟欣喜地拥着李香怡。

"怎么会这么巧!"李香怡也兴奋地说。

"这就是缘分,老天都在帮助我们。香怡,你放心,咱们两个一定会在一起的。"郑烨伟激动地说道。

"但愿如此。"

"你还得告诉我你妈妈喜欢什么,我得做好准备以通过她老人家的考验!"

"你还是有点紧张啊?"李香怡笑道。

"当然,人生大事不紧张才怪!求求你快告诉我吧!"

九、感月吟风多少事

郑烨伟在她耳边央求道。

"好吧，我想想！"李香怡眨巴着眼睛沉思了半天。

"香怡，别急我了，快想！"郑烨伟着急道。

"我还真不知道我妈妈喜欢什么！哦对了，她有洁癖！"

"你这不等于没说嘛！"郑烨伟用手摸摸她的鼻子笑道。

"怎么没说呀，我说她有洁癖是有深意的，她研究《红楼梦》已经好多年，据我所知她最喜欢里面两个有洁癖的姑娘林黛玉和妙玉，还写了几万字的论文呢！"

"啊，我明白了，你赶快给我借一部《红楼梦》，我要重点研究一下这两个人物，到时谈论到这个话题，一问三不知就不好了！"郑烨伟有点紧张地说。

郑烨伟本对文史诗词不太感兴趣，可为了李香怡，他现在不只喜欢诗词，还天天抱着一部《红楼梦》研究起林黛玉和妙玉两个人物形象来，不得不说爱情是神奇的，它能彻彻底底地改变一个人。

04

一个月过去了，郑烨伟通过研读文本和学习相关文章还真有了一些自己的独到见解。他兴冲冲地去找李香怡要求去见她母亲,但李香怡还是不放心,担心母亲拒绝他,她说:"先别急,再等一等吧!"

"我能不着急吗?很快咱们就大学毕业了,我准备毕业后就和你结婚!"

"我是怕你被妈妈拒绝后咱们就不好办了!"李香怡担心道。

"试都不敢试一下,永远不会成功!就算这次不成功,还有下一次、下下次,我一定会用真诚的心打动你妈妈,况且她也不一定会难为我们的!"郑烨伟高声说道。

"那好吧!"

"咱们设计一下方案!"看到李香怡同意,郑烨伟顿时心情舒朗起来。

"这礼拜六下午我要陪妈妈到燕熙大学门口的超市购物,我会多买一些东西,假装很吃力地提着,到时你出现,咱们假装偶遇!"李香怡建议道。

"好,这个主意太好了!我会及时出现,来一场英雄救美,帮你们提着大包小包的东西把你们送回家,到家后你妈妈看我累得气喘吁吁,怎么也得请我喝一口茶,在喝茶的工夫我会把握机会让她留我吃晚餐!"郑烨伟如孩子般笑

九、感月吟风多少事

嘻嘻地说道。

终于等到了礼拜六下午,郑烨伟还特意早去了一个小时,远远地在超市附近转悠着。

傍晚时分,李香怡终于和一位中年女人走进超市,郑烨伟来到超市门口,两只眼睛死死地盯着从超市大门出来的人们。

不一会儿,李香怡提着四个购物袋出来了,跟在她身后的中年妇女手里也提着两个购物袋。

郑烨伟从一旁走来,走到李香怡身边假装刚看到她,惊喜地叫道:"李香怡,没想到在这儿碰到你!"

李香怡也假装答道:"郑烨伟,这么巧啊!"

郑烨伟忙向她伸手道:"买这么多东西啊!来,我帮你提着吧!"

李香怡忙说道:"不用、不用,我能提得动!"接着她转身向母亲说,"妈,这是我同学郑烨伟。"

郑烨伟礼貌问候:"阿姨,您好!"

李香怡的妈妈面容秀气白净,气质高雅,她上下打量了一眼郑烨伟,淡淡地说:"你好!"

"阿姨,我帮您提着吧!"郑烨伟说着伸出手去。

李母眉头一皱:"谢谢,不用!"说完径直向前走去。

眼看没戏，李香怡急中生智，她随手丢掉一个袋子，袋子里的生活用品撒了一地。

"妈！"她叫道。

李母转过头，看到散落到地上的东西责怪道："怎么这样不小心！"说着放下手里的袋子，帮女儿捡起地上的东西。

郑烨伟也蹲下身来帮忙，捡完之后，他没经她们允许，一个人提起了放在地上的五个袋子道："阿姨，我帮你们送到家吧！"

李母不再拒绝，点点头道："好吧，谢谢你了！"

"不用谢，应该的！"他嘴里爽快地回答着，心里更是美滋滋的："第一步计划已经成功了！"他用余光扫了一眼李香怡，只见她手里提着一个袋子低着头默默地跟在母亲身后。

回到李香怡家中，他真正了解李香怡说母亲有洁癖的原因了！

客厅被打扫得一尘不染，客厅里摆设的所有东西全是白色的，白色的沙发、白色的餐桌、白色的桌布、白色的椅子等似乎都在彰显主人的与众不同。

郑烨伟帮她们把东西放好后，他的心中在不停地祈祷：

九、感月吟风多少事

"李香怡的妈妈,您快点说小伙子辛苦了,喝杯茶再走吧!"

郑烨伟的如意算盘打错了,李香怡的妈妈对他说:"谢谢!"然后又对李香怡说道,"香怡,送送你同学。"

李香怡看着妈妈脸上明显的送客表情,心里怦怦直跳不知该如何应对,只得答应妈妈道:"好的。"

郑烨伟心里也着急万分,不停地问自己"怎么办?怎么办?有办法啦!"

他随着李香怡将要迈出大门时,突然蹲下身来大声叫道:"哎哟!"

李香怡急切问道:"你怎么了?"

郑烨伟向她挤了一下眼睛道:"我可能是慢性胃炎犯了!"

李香怡明白他的意思,急急地问道:"那怎么办呢?"

郑烨伟想起父亲郑煜辉每当胃炎发作时都是先喝点热水,就假装面带痛苦地说:"让我喝点热水,休息一下就会好了!"

李母听到声音走了出来,问道:"怎么了?"

"妈,他胃炎犯了!"

李母看了郑烨伟一眼,满脸疑惑,但还是对李香怡说道:"快点送他去医院吧!"

郑烨伟有气无力地说:"阿姨,我这是老毛病,我喝点热水就好了!"

"进来喝点热水吧!"李母说完转身回了客厅。

李香怡轻轻拍打一下郑烨伟,二人会心一笑。

郑烨伟坐在沙发上喝着热水,李母手里拿着几盒药走了出来对他说:"这几盒都是治胃炎的药,你挑一盒吃几粒!"

李香怡担心地看着郑烨伟。

郑烨伟接过药来,他怕李母看出破绽,紧张得没敢细看,随手从一盒药中取下几粒吃了下去。他心想:"不就几粒药嘛,为了李香怡,就算是毒药,今天也得喝下去!"

李香怡紧张地看着他,他用眼神安慰她没事。

一会儿,李母意味深长地看着郑烨伟问道:"好点没?"

郑烨伟点点头连连道:"好多了、好多了!"

"那你就靠在沙发上休息一下,吃完晚饭再走吧!"李母微笑道。

李香怡以为自己听错了,睁大眼睛难以置信地看着母亲。在她的记忆中母亲从没留下任何一个人在家吃过一次饭。

李母对呆愣着的李香怡说:"去做晚饭吧!"

九、感月吟风多少事

郑烨伟激动地差点咧嘴大笑,他赶紧把头靠在沙发上,紧紧地绷住嘴巴。

一个小时左右,李香怡就做好了六菜一汤,三人静静地坐在餐桌前吃饭,气氛略显尴尬。

郑烨伟打破沉静,对李母真诚地表达感谢:"阿姨,谢谢您!"

李母面无表情道:"应该谢谢你,你是替我们提东西才累得胃炎发作,现在胃怎样了?"

郑烨伟不好意思道:"好多了,真不好意思,给您添麻烦了!"

"好了就好,吃完饭尽快回家,免得你父母担心!"

郑烨伟低下头去回答道:"好的。"

李香怡问母亲:"妈,您的论文写好没有?"

李母不解:"什么论文?"

"上次我回来看到您研究《红楼梦》中关于黛玉和妙玉的性格方面的论文。"

李母叹道:"哪是什么论文!"

郑烨伟抓住时机赶紧问道:"阿姨,您正在研究《红楼梦》吗?"

李母道:"谈不上研究,只是闲暇时思考一些问题!"

郑烨伟笑道:"阿姨,您太谦虚了!我也在看《红楼梦》,但里面有好多细节不是太明白,能否向您请教一下?"

李母点点头道:"请教不敢当,咱们可以共同探讨一下!"

李香怡既兴奋又担心地看着母亲和郑烨伟,这两个她生命中最重要的人今天终于坐在一起,她的心中不停地祈祷:"烨伟,你一定要得到母亲对你的认可啊!"

郑烨伟看出来李香怡的担心,他微笑着对她点点头,以示她放心。

李香怡娇羞地低下头去喝汤。

郑烨伟放下筷子,微笑着对李母道:"阿姨,《红楼梦》中美女如云,个个兰心蕙质、才情不凡,而我最欣赏,也最为叹息的,当属'二玉'——超凡脱俗、才华横溢的黛玉和孤高清绝、仙风道骨的妙玉。"

"为何?"李母问道。

郑烨伟侃侃而谈:"我深感林黛玉性格中那份独特的反叛与孤高,她对尘世的轻蔑如风过无痕,使其在任何场合都显得超然物外,风范独步。她于花影婆娑之中,痴读《西厢记》,毫无矫饰;她言谈举止率性直接,不尚巧言,不饰颜色;她感情真挚,淡泊名利,恰似一朵孤芳自赏的

九、感月吟风多少事

荷花，执着于那份清纯洁净，如碧玉般盈润光泽。"

李母听得兴起，放下手中的筷子，笑盈盈地追问："那就请你细说一二。"

郑烨伟从容而又谦逊地答道："阿姨，我的浅见或许未必精准，仅为我心中所思。我最为倾倒的是黛玉的诗意盎然、灵秀聪慧。每逢佳期，她与诸芳共饮赏花，吟诗作对，才情横溢，独领风骚。无论是'少年听雨歌楼上'的缱绻诗情，'清寒入骨我欲仙'的幽深画意；抑或'草木黄落雁南归'的萧瑟，'花气温柔能解语'的娴雅幽怀，皆彰显她超凡脱俗的诗人风范。而我最为感慨的，则是黛玉的多愁善感和红颜薄命。她的身世使她孤苦伶仃，性格决定她郁郁寡欢。大观园虽繁花似锦，人来人往，却无她可依之亲，无她可诉之友，仅剩那多情的宝玉，让她芳心暗许，却终究患得患失。她无奈叹息'天尽头，何处有香丘'，悲哀于'三月香巢已垒成，梁间燕子太无情'，伤感于'花谢花飞花满天，红消香断有谁怜'，终归一缕香魂随风散，三更梦回，凄凉至极。"

听着郑烨伟侃侃而谈，李香怡感到自己都有点崇拜他了，她没想到这么短的时间他竟能有此深刻理解，连她这个中文系的都自愧不如，同时她也很感动，原本不喜欢诗词的郑烨伟为了她付出了怎样的艰辛啊！

李母接着问道："再谈谈你对妙玉的理解！"

见到李香怡偷偷竖起的大拇指，郑烨伟信心倍增，微笑着回答："妙玉与黛玉确有诸多相似之处。她出身于仕宦书香之家，气质高雅，诗思敏捷，曾在凹晶馆即兴续诗，赢得黛玉与湘云的连连称赞。她纯净无瑕，即便是到惜春那里小坐，也要带上自己的茶具。她的生活情趣独特，连煮茶的水都要用梅花瓣上的积雪融化而成，令人觉得她仿佛不属尘世。与黛玉相似，妙玉对宝玉也怀有难以言喻的情感。虽然她自称为'槛外人'，但青春年少的她，仍难以做到彻底超脱，心如止水。宝玉生日时，她送上一纸粉红信笺，写着'槛外人妙玉恭肃遥叩芳辰'，而宝玉则回以'槛内人宝玉熏沐谨拜'，这一'外'一'内'，虽是玩笑，却也隐含着一份柔情。"

李母感叹道："确实，但妙玉与黛玉又有许多不同。黛玉对宝玉的爱直接而热烈，无所顾忌，既写于诗中，又流露于眼神。而妙玉只能将这份深情深藏心底，虽未彻底断绝对尘世的念头，却担心表露心迹会遭人嘲笑。她孤独地生活在静庵中，内心的孤寂可知。只有当宝玉来访时，她才会递上自己的杯盏；栊翠庵的梅花，别人难以求得，宝

九、感月吟风多少事

玉一求即得;与宝玉闲谈时,她也会心跳加速。'欲洁何曾洁?云空未必空',想要彻底超脱谈何容易。遗憾的是,宝玉对妙玉即使有情,也多为敬重,偶尔闪过的世俗情感,他会视为罪过,深怕亵渎了这位圣洁高贵的尼姑。这正是妙玉的悲哀所在……"

郑烨伟赞道:"阿姨,您说得太对了!"

李母微笑着摇摇头,气氛变得温馨融洽。

郑烨伟接着说:"正所谓'太高人欲妒,过洁世同嫌'。妙玉的高洁孤僻、曲高和寡,又胜黛玉三分风华,以至很难得到世人的理解,周围同龄人很多,却没有人能同她真正的心灵交会,宝钗说她'怪异',李纨说她'可厌',岫烟与她相交多年,却也说她'不僧不俗'。妙玉的雅洁,竟是这样的为世俗所不容,难怪曹雪芹为她设计了一个'可怜金玉质,终陷泥沼中'的命运了。"

李香怡叹道:"痴情不改,红楼梦已远;花开几度,蕊冷香渐残。"

李母也叹道:"一朝春尽红颜老,花落人亡两不知。她们如花的岁月就这样匆匆结束,带着一生不曾了却的情、一世未曾流尽的泪、一双枯瘦的身躯,已随飘舞的花瓣化尘而去。"

望着母亲悲伤的面容，李香怡知道母亲又进入《红楼梦》悲愁的状态之中，她急忙提醒母亲道："妈，您看你们只顾聊黛玉和妙玉，也不顾得吃饭了，饭菜都要凉了！"

"就是，光顾着聊天忘记吃饭，来，吃饭、吃饭！"李母招呼郑烨伟道。

郑烨伟走后，李母把李香怡叫到卧室问道："香怡，你在学校谈恋爱了？"

李香怡急忙摇头："没、没有。"

李母脸色黯淡道："今天这幕戏是你们两个共同导演的吗？"

李香怡心想她和郑烨伟没有露出破绽，母亲如此说是不是在故意试探她，她硬着头皮："不是啊！"

李母怒道："香怡，妈妈不喜欢你说瞎话！"

李香怡垂下头去，低声说："妈，对不起，我违背了对您的承诺！"

李母脸色不悦："妈妈之所以不让你在学校谈恋爱，是怕你上当受骗，是为你好啊！"

李香怡难过地流下眼泪道："妈，对不起，我知道您对我好，可是我们彼此都深爱着对方，我不知该怎样对您说，才想用这个办法让您慢慢接受他！"

九、感月吟风多少事

看到女儿流泪,李母的脸色缓和下来:"妈妈也是过来人,理解热恋时的心情,但是你了解这个男孩吗?"

李香怡擦干眼泪说道:"妈,我了解他,他是一个非常优秀的男孩。"

李母叹气道:"问你也是白问,恋爱中的女孩智商等于零!"

"妈,我很清醒,他真的很优秀!"李香怡辩驳道。

"这男孩的确很有才气!"李母忍不住赞道。

听到母亲的称赞,李香怡高兴起来,连忙道:"他人品也很好,没有一点所谓官家子弟的坏习惯!"

"官家子弟?"李母问道。

"他的父亲是一个县委书记,他的母亲是一所高中的老师,对,他还有一个妹妹正在一所名牌大学读大一!"

"你对他家庭很了解,他对你家庭了解吗?他的家人对你的家庭了解吗?"

"他对咱们家庭情况了解,他的家人对咱们家庭情况应该不了解!"李香怡如实回答道。

"你最好不要对这个男孩用情太深,以免以后受到伤害!"李母警告女儿。

"妈,你是不是认为咱们家配不上人家,现在都什么时代了,谁还在乎门当户对,只要我们两个真心相爱就足够了!"李香怡不满地说。

"妈是怕你受到伤害啊!将来他的家人因门第观念看不起你,你的心情会好受吗?不如找一个一般人家的男孩,平平淡淡过一生才是真实的幸福生活!"李母叹道。

"妈,您也许有自己的道理,可我见过他的家人,他们都不是势利之人,不会有您说的这种情况的!对,他说他们家先前很贫困,他的奶奶历尽千辛万苦才养活他爸爸,所以您放心,他们家人是没有门第观念的!"

"只要你认为自己的选择是正确的,那妈妈祝福你!"

李香怡激动地拉住妈妈的手,不相信地问道:"妈妈,这么说您同意我和他交往了?"

李母点头微笑道:"只要你能有好的归宿,妈妈这辈子的心愿也就了了!"

"谢谢妈、谢谢妈!"李香怡欣喜地连连说道。

"但愿他这一辈子能珍惜你!"李母拍拍她的手。

李香怡坚定地点头道:"您放心,我们一定彼此珍惜,携手共度一生。"

李母轻轻地拥住女儿长叹道:"我的女儿长大了!"

李香怡动情地说:"妈妈,谢谢您,您为我付出这么

九、感月吟风多少事

多,没有您就没有我的今天,我这一辈子都报答不完您对我的大恩!"

"傻孩子,不说这些,今天你也累了,早点去睡觉吧!"李母推开女儿道。

李香怡走到门口又转身问道:"妈妈,您是怎么看出我俩的破绽的?"

李母笑道:"在超市门口你故意把东西撒了一地我就看出来了!"

"啊,妈妈,您早知道了!真不愧是火眼金睛的大教授啊!"李香怡奉承道。

"你知道我给他吃的什么药吗?"

"什么药?"

李母笑道:"是钙片,那孩子看都没看张嘴就吃!"

"啊!"李香怡惊呼一声,随即哈哈大笑起来。

回到学校后,李香怡把母亲的一席话一五一十地告诉了郑烨伟。

郑烨伟激动地不知如何是好,抱着李香怡转了一圈又一圈,开心地大声笑着,语无伦次地叫道:"你妈妈真伟大,李香怡的妈妈万岁!"

05

郑烨伟、李香怡二人情投意合，一日不见如隔三秋，双方父母约定等两人毕业一个月后举办订婚宴，待双方家长见面后再选择吉日商量结婚事宜。

订婚宴上，双方家人第一次相见。郑烨伟兴奋地向父亲、母亲介绍："爸、妈，这位是香怡的妈妈李教授。对，你们应该是同学，阿姨也是燕熙大学毕业的，现在是燕熙大学历史系的教授。"

李母脸上的笑容僵持了，郑煜辉也稍愣了一下随即向李母伸出手满脸微笑道："人生何处不相逢啊！李丹是你吗？"

李母也缓缓地伸出手，表情淡淡地说："是我！"

郑煜辉握住李母的手激动地说："老同学，真是你，你这些年好吗？"

李母轻轻抽开被郑煜辉紧握的手，浅笑道："过得很好！"

王正梅激动地对李丹叹道："烨伟好像告诉过我香怡的

九、感月吟风多少事

母亲也是燕熙大学毕业的,当时我没在意,没想到你和我们家老郑还是同学!"

郑煜辉忙向妻子解释道:"正梅,李丹是我大学同班同学,她当年可是我们历史系的系花啊!没想到咱们很荣幸和她做了亲家啊!"

"这说明我们有缘分啊!"王正梅拉着李丹的手笑道。

李香怡发现母亲在整个宴席上表情怪怪的,起初还以为是老同学初次相逢就做了亲家心情颇为激动的缘故,后来发现好像不是,因为母亲对郑煜辉的态度较为冷淡,她怀着忐忑不安的心情跟随母亲回到家中,只是当天夜里母亲并没有对她说什么,但她还是感觉要有什么事情发生,一夜翻来覆去,难以入睡。

第二天早上起床,李香怡发现母亲眼睛红肿,好像哭过,她紧张地问道:"妈,您怎么了?身体不舒服吗?"

母亲摇摇头,把做好的早餐端上餐桌对她说:"你洗漱一下过来吃早餐。"

母女二人都满怀心事默默地吃着早餐。

早餐过后,李香怡站起身来正准备收拾碗筷,母亲对她说道:"香怡,别收拾了,咱们母女谈谈好吗?"

李香怡重新坐回凳子上,紧张地看着母亲道:"好!"

看到女儿可怜兮兮的样子，李丹心中稍有不忍，但她还是硬起心肠说道："香怡，你和烨伟不适合在一起，你们还是分开吧！"

李香怡看母亲的表情异常严肃，可她还是不死心地问："妈妈，您不是和我开玩笑吧？"

李丹痛苦地摇摇头。

"为什么？为什么啊？您不是挺喜欢郑烨伟吗？"李香怡忍不住哭泣起来。

李丹流泪道："香怡，你相信妈妈吗？"

"妈妈是我从小到大最相信的人呀！"

李丹狠下心说道："那就不要再问原因，取消订婚！"

"妈……"李香怡伤心欲绝。

李香怡跑回自己的房间呜呜地痛哭了一上午，她想不明白母亲为何突然改变了主意啊！是郑烨伟父母的原因，还是其他什么原因啊？一边是待她恩重如山辛苦把她养大的母亲，一边是真心相爱、情投意合的恋人，她真的不知该怎么办才能不伤害到任何一方！

一连多天她没有和母亲说话，同样她也没与郑烨伟相见。心痛欲碎的她悲伤地安慰自己，爱情不是童话，不一定都会有美丽的结局，既然你当初选择爱了，就要准备好

九、感月吟风多少事

承受一份爱情可能带给你的伤痛。

06

郑烨伟不知道自己犯了什么错误,为何李香怡突然不理他了,去她家找了多次她都避而不见,只让她母亲传话,他们之间不适合在一起!

他想不明白先前好好的,为什么订婚之后就不适合在一起了呢?!这一天晚上,他一直坐在客厅等待父亲,李香怡的母亲是见到父母后才改变初衷的,难道他们之间有过节?他想父亲应该会给他答案。

直到深夜他才等到父亲回家,父亲看到他惊讶地问:"儿子,你怎么还不睡啊?"

他把发生的事情告诉了父亲,父亲并没有他想象中的惊讶表情,只是告诉他一切随缘,不要强求。他问父亲是不是在学校和李母有什么过节,父亲没有回答什么,只告诉他说,如果是真爱李香怡就不要放弃!

父亲的回答令他一头雾水,他感觉父亲和李母之间应该有故事,但又不敢问父亲。

于是，他从母亲处旁敲侧击："妈，您在大学时认识李香怡的母亲吗？"

王正梅道："我在校不认识她，那天你爸爸不是说他们是同班同学吗？"

"是呀！爸爸还说香怡的妈妈是他们历史系的系花。对了，妈，听说您也是你们中文系的系花？"郑烨伟笑嘻嘻地问道。

王正梅微笑道："那都是别人开玩笑的！"

"我爸爸在大学追的第一个女孩是您吗？"郑烨伟内心满是紧张地问道。

"你这孩子怎么打听起父母的旧事来了！"王正梅嗔怪道。

"妈，说说呗，我不是想学一学你们的恋爱经验嘛！"郑烨伟嬉皮笑脸地说道。

王正梅笑道："我是你爸爸第一个追的女孩，那时你爸爸是我们学校学生会主席，是好多女生心目中的白马王子呀！"

"嗨，看我妈妈多骄傲啊！"郑烨伟对妈妈做一个鬼脸开玩笑道。

"你这臭小子！对，香怡这几天怎么没来咱们家玩？"

九、感月吟风多少事

王正梅拍打了一下儿子笑问道。

郑烨伟心中隐隐作痛,却强装微笑道:"她这一段时间忙,过几天就会过来!"

"儿子,你们结婚后尽快要孩子,我帮你们带!"

看着母亲期待的眼神,郑烨伟的心在隐隐作痛,他向母亲不住地点头道:"好的、好的。"

07

从父母处没有问出关于李香怡母亲的任何信息,郑烨伟又一次不死心地来到李香怡家。

刚到李家门口,他就听到里面传来李香怡的哭声,他急忙敲门:"香怡,开门啊!"

门开处,一脸憔悴的李香怡映入他的眼帘,几日不见,她整张脸瘦了一圈,两只红肿流泪的眼睛出神地望着他,他心痛得快要裂开,眼泪顺腮而下,紧紧地把她拥在怀中。

李香怡像一个受尽委屈的孩子抱着郑烨伟失声痛哭起来。

郑烨伟不停地拍着她的后背道:"香怡别哭、别哭,告诉我发生了什么事情?"

郑烨伟的问话让李香怡如梦初醒,她停止哭泣,拉着郑烨伟快步来到客厅。

客厅内,李丹正坐在沙发上,只见她两只手捂住右腹部,面色苍白,嘴唇发青,似乎很痛苦,但却在强忍着。

"阿姨,您怎么了?身体不舒服吗?"郑烨伟紧张地问道。

李丹咬住嘴唇没有回答郑烨伟的问话。

李香怡流着眼泪道:"妈妈的胆结石病犯了,可她就是不去医院,一直在这儿强忍着。"

"这怎么能行啊!阿姨,我送您去医院,行吗?"郑烨伟问道。

李丹摇摇头:"没用的,我已经吃过止痛片,一会儿就好了,你还是先回去吧!"

李香怡忍不住又哭道:"妈,您已经疼了一天一夜了,再不去医院会有危险的,我求求您,您别再折磨自己,我一切听您的还不行吗?"

李丹有气无力地说:"孩子,让你受委屈了,妈妈对不起你,我没有折磨自己,而是这病去医院看没作用,治过

九、感月吟风多少事

之后不是还长出来吗？"

郑烨伟突然一拍脑门道："我想起奶奶说过的一个治疗胆结石的偏方！"

李香怡忙问："什么偏方？"

郑烨伟问道："你们这附近有没有南瓜蔓？"

李香怡不相信地问道："南瓜蔓？有用吗？"

郑烨伟解释道："我奶奶的外公曾经是一位中药商，他研究过好多治疗疑难杂症的偏方，我奶奶的妈妈也因此学了好多医学知识，她也把自己知道的一些偏方都教给了我奶奶。前几年我家邻居患了结石病，奶奶就把这个偏方告诉了他们，他们按方子服用后还真奇迹般的好了，当时他们还去我家感谢奶奶，所以我记得很清楚！"

"真有这么神奇？"李香怡还是有点不相信地问道。

"咱们试一下，说不定会有效果！"郑烨伟说。

"好吧！"李香怡点点头。

李丹对二人道："不用了！"

李香怡央求道："妈，咱们试试吧！"

李丹说："都已经深秋了，哪里还有什么南瓜蔓啊？"

郑烨伟对李香怡道："如果能找到干的南瓜蔓更好，香怡，你守着阿姨，我出去找找！"

李香怡向母亲问道:"妈,我记得去年你们学校后山坡上好像有种植的南瓜和葡萄,不知道今年还有没有?"

李丹摇摇头忙说:"不知道!"

郑烨伟忙说:"那我去后山坡找一下!"

李香怡对他道:"你不知地方呀!还是我去吧!"

"没事,你在家陪阿姨,我去找就行了!"说完,郑烨伟向门外走去。

李香怡急急地对母亲道:"妈,您再忍一会儿,我带他走近路去后山坡,二十分钟就回,不然他一个小时也回不来!"

李丹说:"别去了,没用的,我不会喝!"

李香怡有点生气道:"您去医院吗?您要去医院我们就不用找偏方了!"

李丹不语。

李香怡看着母亲轻轻叹了一口气,转身向外追赶郑烨伟而去。

08

郑烨伟正在不远处向一位中年男人打听学校后山坡的

九、感月吟风多少事

方向，李香怡跑到他身边道："快点，跟我走吧！"

郑烨伟向中年男人道谢后，急忙跟在李香怡身后，他想去握她的手，却被她轻轻甩开，他无奈地摇头跟着她来到后山坡。

"这儿还真的有南瓜蔓啊！"李香怡高兴地叫道。

"就是啊！"郑烨伟也开心地说道。

李香怡兴奋地弯腰去拔南瓜蔓，但她用劲太大，一下子仰面栽倒在地，顺坡滚到了山坡下。她不懂南瓜蔓的根已经腐烂，只需轻轻一拔就行了！

郑烨伟惊叫着她的名字向山坡下冲去，当他看到李香怡躺在地上满身是土，他冲过来一把抱住她，心疼不已："香怡，你没事吧？"

李香怡睁开眼睛，两行泪水倾泻而出，她双手抱住他的脖子呜呜痛哭起来。

"香怡别哭，你摔到哪儿了吗？"郑烨伟担心地问道。

李香怡哭着摇摇头。

"这就好，这就好，我扶你上去吧！"郑烨伟道。

郑烨伟搀扶着李香怡走到山坡上，李香怡道："烨伟，我的右脚有点痛，咱们休息一下吧！"

郑烨伟紧张地问："是不是扭到脚了？快让我看一下！"

李香怡道:"不要紧,应该没事!"

郑烨伟蹲下身来看着李香怡的右脚心痛地说道:"脚面已经肿起来了,看来是扭到脚了,我得尽快带你去医院!"

李香怡急道:"没事,不能去医院,妈妈一个人在家,咱们得尽快回家,否则她会担心!"

郑烨伟点点头,他小心翼翼地拔了一些干南瓜蔓,然后蹲在李香怡面前,说道:"来,香怡,我背你回去!"

李香怡迟疑道:"不用了,我能走!"

"这都什么时候了,你还犹豫什么,万一你的脚出了毛病怎么办呢!快点上来!"郑烨伟急催她。

李香怡趴在郑烨伟宽阔的背上,心中百感交集,泪水打湿了他的衣服。

郑烨伟的内心也是痛苦万分,但他还是强忍悲痛安慰她道:"香怡,你这一段时间不见我,甚至要跟我分手,我知道你有难言的苦衷,我不问你原因,但你要坚强!"

李香怡不语。

郑烨伟接着说:"有位诗人曾经说过这样一段话,如果身处顺境,千万不要张扬,要和满山的杜鹃花一起绽放。如果身处逆境,千万不要放弃,要像开败的白玉兰一样,在下一个春天再向世界招手。如果身处绝境,千万不要沮

九、感月吟风多少事

丧,要像万丈天坑底部的一棵狗尾巴草,虽然死无出路,但也要昂起毛茸茸的头颅,向着太阳灿烂地微笑。"

"向着太阳灿烂地微笑。"李香怡重复说。

"是啊!这个世上没有过不去的火焰山,只要咱们真心相爱,就要微笑面对一切,我相信所有的问题都会迎刃而解!"郑烨伟坚定地说。

郑烨伟的一席话让李香怡茅塞顿开,她轻声道:"是啊,世上无难事,只要肯用心,我为什么用哭泣来逃避一切,为什么不用微笑来解决问题呢!"

郑烨伟知道李香怡明白了自己的良苦用心,眼泪滑落脸庞。

09

郑烨伟背着李香怡回到家,把她轻轻地放在沙发上。

李丹看到两人浑身是土,女儿好像还受了伤,她心痛地急问道:"香怡你怎么了?是不是受伤了?"

李香怡安慰母亲道:"妈,您别担心,没事!"

"烨伟,怎么回事?"看到女儿因怕她担心没有说出实话，李丹问郑烨伟。

"刚才拔南瓜蔓时不小心摔下山坡，扭到了脚！"

"赶快去医院呀！"李丹急道。

李香怡对母亲说："妈，没事，不是太痛，一会儿用毛巾冷敷一下就行了！"又对郑烨伟道，"烨伟，按你知道的方子快点熬好药让妈妈喝。"

李丹对女儿道："没用的，还是让烨伟带你去医院拍个片子看看伤到骨头没？"

郑烨伟也劝李香怡道："香怡，阿姨说得对，咱们还是去医院检查一下，这样放心！"

李香怡固执地说道："不用，你还是快去为妈妈熬药，妈妈的病好了，我的脚也会好！"

李丹难过地低下头去。

郑烨伟无可奈何地拿着南瓜蔓走进厨房，他先烧了一壶热水，在烧热水的同时，他又在冰箱里冷冻了几条毛巾，用冰毛巾给李香怡进行了冷敷。水烧开后，他把干南瓜蔓洗净放到空暖水瓶中，接着把开水倒入瓶中，盖上瓶盖浸泡。

南瓜蔓浸泡一个小时后，他倒出一杯水端到李丹面前。"阿姨，请您把这一杯水喝完！"郑烨伟说。

九、感月吟风多少事

李丹接过杯子迟疑着不肯喝，李香怡劝道："妈，您就试一下吧！"

李丹看着两个孩子期盼的神情，女儿又为自己扭伤了脚，她不忍心再辜负孩子们的好意，端着杯子一口气喝完。

看着母亲喝完一杯水，李香怡露出了开心的笑容，她问郑烨伟道："接下来怎么办？"

郑烨伟道："我听奶奶说，一天浸一热水瓶，随喝随添水，平时当水喝，尽量多喝，每天可饮两水瓶，喝到第四五天开始排石，第六天小便伴有黏稠状尿液排出，这证明结石已经排完。"

李香怡惊奇道："真有这么神奇？"

郑烨伟叹气道："既然阿姨不愿去医院，咱们就试试这个偏方吧！"

一连几日，郑烨伟衣不解带尽心照顾母女二人，七天后李香怡的脚消肿，走路已经正常，李丹也感觉自己尿液中有颗粒状物排出，李香怡建议母亲去医院检查一下。

三人来到医院，经过 CT 检查，李丹体内已经没有任何结石的踪影，她抱住女儿喜极而泣，郑烨伟看着母女二人的神情，眼泪也差一点夺眶而出。

经过几天接触，李丹对郑烨伟有了充分了解，她认为女儿眼光不错,郑烨伟这男孩的确没有其他干部子弟的坏习气。他聪明好学、正直善良,尽管她因为一些原因,心中有千般不同意这桩婚姻,但她又不忍心拆散这对恋人,更重要的是她不想让女儿有一丝的不快乐。

这一天,李丹把郑烨伟叫到家里,郑重地对他说:"烨伟,今天我把香怡交给你了,今后你要真心对她,你要正直坦荡、表里如一,不能让她为你伤心难过!"

郑烨伟激动地一个劲儿点头,连连道:"阿姨,您放心、您放心,我不会辜负您对我的信任!"

……

10

郊区楼房内,郑烨伟紧紧地搂住陷在往事回忆中的妻子道歉道:"香怡,咱们好不容易在一起,我却没有好好珍惜,我对不起你,对不起你妈妈啊!"

李香怡流泪问道:"烨伟,你知道母亲为何在订婚宴后让我们分手吗?"

郑烨伟道:"这些年我虽有疑虑,但一直没问,我想你

九、感月吟风多少事

既然不说自有你的道理!"

李香怡叹道:"我也是前年才知道的,母亲临终前告诉我,是因为你爸爸!"

"我爸爸?"

"对,你爸爸!妈妈这一辈子很苦,因为她爱错了人!你爸爸和你妈妈在一起之前,已经和我妈妈谈了一年恋爱,直到遇到你妈妈后,你爸爸移情别恋,跟我妈妈说他俩注定有缘无分!"李香怡泪流满面道。

"啊!怎么会这样!"郑烨伟摇头叹息道。

"我妈妈和你爸爸分手后很痛苦,后来嫁给了一个自己不爱的人,婚后收养了我,她就放弃了自己生孩子。养父车祸后,她为了我没有再婚,结果她老人家没有享到我一天福又患胃癌去世了!一想到苦命可怜的妈妈我的心都要碎了!"李香怡哭泣道。

郑烨伟劝说:"香怡,别哭了!"

"你还记得妈妈当初决定把我嫁给你时对你说的话吗?"李香怡问。

郑烨伟满怀歉意道:"妈妈说,烨伟,今天我把香怡交给你了,今后你要真心对她,你要正直坦荡、表里如一,不能让她为你伤心难过!可是我没做到呀!"

"知道妈妈为什么要你正直坦荡、表里如一吗？那是因为她认为你爸爸不是表里如一的人呀！我很后悔呀，听到妈妈说出的事实后，我也很怕你不是表里如一的人，很怕你遇到别的女人后把我抛弃，所以有时就背着你利用爸爸的权势做点事情，为自己攒点私房钱，以防将来万一离婚后我不会变得一无所有！"李香怡后悔道。

郑烨伟心痛万分："香怡，你怎么会这样想啊！当然，这都怨我呀，是我没有给你安全感！"

李香怡哭泣道："后悔已经没用！现在才明白幸福是什么，幸福，不是长生不老，不是大鱼大肉，不是权倾朝野，而是当你想吃的时候有得吃，想家人孩子时能够在一起……唉，也不知咱们凌薇在做什么？"

"是啊，也不知奶奶、妈妈、雅琳和凌薇怎样了？"郑烨伟心痛道。

天色渐亮，望着刚刚沉睡的丈夫，李香怡擦干眼泪起身向外走去。

十、天涯一望断人肠

01

早上,初升的太阳似儿童粉嫩的圆脸,赶走了黑夜的孤寂和冷淡,让世界变得光明和温暖。

到了上学的时间,郑凌薇却躺在床上撒泼,吵着不去上学。

"凌薇,快起床,要不上学就晚了!"小林拿着衣服站在一边着急地哄她。

郑凌薇猛地用被子盖住了头,大声嚷道:"我就不起床、不起床!"

郑凌薇折腾了十多分钟,小林无计可施,她无可奈何地摇了摇头,开门出去了。

餐厅内,郑母、王正梅、郑雅琳正在吃早餐,郑雅琳看到小林问道:"凌薇呢?怎么还不出来吃早餐?"

小林无奈叹道:"无论我怎么哄她,她就是不起床,我是一点办法都没有啦!"

王正梅十分生气,站起身来向郑凌薇房间走去。

郑雅琳沉思了一下,也跟了过去。

郑凌薇正瞪着大眼睛望着天花板,看到奶奶和姑姑进来,一下子用被子包住了头。

王正梅用力揭开郑凌薇的被子,伸手准备打她,但心烦意乱的她发现郑凌薇双眼噙满了泪水。

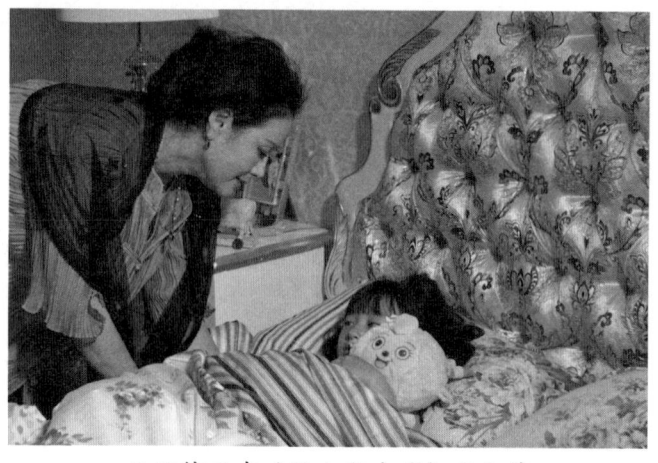

王正梅正在劝孙女郑凌薇起床上学

十、天涯一望断人肠

王正梅急忙把她抱在怀里,关切地问道:"凌薇怎么哭鼻子啦?今天为什么不起床去上学啊?"

郑凌薇哭道:"奶奶,我不想去,我怕同学笑话我!"

"你在班内的成绩是最好的,她们羡慕你还来不及呢,怎么会笑话你啊?"

"奶奶,同学们都取笑我,他们说我爷爷是坏人,是贪污犯,会蹲监狱的!"

王正梅一愣:"胡说,你爷爷是出差了!乖,快点起床去上学!"

郑凌薇哭叫道:"不,我不去,爷爷要是不给我打电话,我就不去上学!"

王正梅愤怒地打了她屁股一下,"你这孩子怎么这样不听话,快起来!"

郑凌薇大哭,王正梅又心痛地搂住孙女也流下眼泪。

站在门口的郑雅琳默默地从侄女房间退出。她缓缓走进父亲的书房,轻轻关严门后,在书桌上觅得了父亲的一个笔记本。她轻轻翻开本子,父亲那熟悉的字体瞬间跃入眼帘。父亲的字笔画连贯,刚劲有力,透着一种独特的魅力。遥想中学时代,她对父亲的字钟爱有加,当别的同学都在苦练字帖时,唯有她手握父亲的笔记本勤加练习。母亲曾好奇询问缘由，她微笑着说只因自己喜欢爸爸的字。念及此处，她的眼眶瞬间泛红，泪水如断了线的珠子般簌簌滑落脸庞，那钻心的痛楚如潮水般将她淹没。她抬起手匆匆擦去泪水，而后抽出一支笔开始书写。几分钟后，她将写好的信仔细装入信封，再小心翼翼地放进自己口袋，起身轻轻关上书房门，又缓缓走进儿童房。只见王正梅仍在搂着哭泣的郑凌薇潸然落泪。

郑雅琳对王正梅说：“妈，您去吃早餐吧！我来哄她。”

王正梅摇了摇头，坐在孙女床上一动不动。

郑雅琳从母亲怀中接过郑凌薇道：“凌薇，听话，快起床，其实姑姑昨天收到了爷爷给你写的信，还没来得及给你！”

郑凌薇立即停止哭泣，认真地问道：“真的？姑姑你没骗我吧？那爷爷为什么写信却不给我打电话啊？”

面对聪明的小侄女，郑雅琳强忍内心的悲痛说道："真的，姑姑没骗你！爷爷到偏远的地方出差，那边信号不好！你也知道爷爷平常喜欢写字，他那么喜欢凌薇，出去这么长时间，当然要给凌薇写信了，这样凌薇想念爷爷的时候，就可以拿爷爷的信来看了！你赶快起床，吃完早餐，我就把爷爷的信给你。"

十、天涯一望断人肠

郑凌薇破涕为笑,激动地一下子弹坐起来,大声道:"好的!"

王正梅边帮她穿衣服,边担心地看了看郑雅琳。

郑雅琳朝王正梅会意地点了点头,暗示她放心。

02

餐厅内,一家人正默默地吃着早餐。

老太太目光呆滞,犹如一潭死水,没吃几口便欲起身离开。

郑凌薇眼疾手快,一把拉住老太太,急切地说道:"太奶奶您不要走,姑姑一会儿会给我爷爷写的信。"

老太太那黯淡无光的眼眸中,瞬间闪过一丝惊喜的亮色,仿佛在黑暗中看到了一丝曙光,她缓缓地又坐到了餐桌前。

郑雅琳看着奶奶那因思念而深陷的眼窝和愁苦的面容,内心犹如被重锤狠狠敲击。而王正梅则目光躲闪,不敢直视婆婆和孙女那充满期待的目光,她的内心满是纠结与愧疚,仿佛自己是这个谎言的罪魁祸首。

| 人生不能重来

郑凌薇请求郑雅琳拿出爷爷写给她的信,郑雅琳望着奶奶和母亲那憔悴不堪、写满思念与哀愁的神情,不由得迟疑了。

聪明的郑凌薇瞬间洞察到姑姑的犹豫,立刻撅起小嘴说道:"姑姑是不是又骗我,爷爷根本没给我写信,是你冒充爷爷写的,你骗不了我的,我认识爷爷的字。"

无奈之下,郑雅琳只得拿出了那封信。

郑凌薇兴奋地接过信,手舞足蹈地大叫起来:"这是爷爷的字,爷爷有重要公务,需要在外出长差,他让我好好学习,听奶奶和姑姑的话!好了好了,我要赶快去学校,别迟到了,我一定好好学习,将来超过姑姑!"说完,她满心欢喜地背起书包,拉着小林的手向门外走去。

老太太缓缓拿起郑凌薇放在餐桌上的信,那饱经沧桑的手微微颤抖着,她的声音低沉而沙哑,淡淡地说了一句:"我儿子的字我认识。"

说完,她摇摇晃晃地站起身来,宛如风中残烛,一步一步艰难地向自己房间走去。

郑雅琳和王正梅望着老太太那孤独而蹒跚的背影,泪水模糊了双眼,那泪水里饱含着无尽的担忧与无奈,顺着脸颊无声地滑落,滴落在这充满悲伤的空气中。

十、天涯一望断人肠

郑凌薇和小林从家里走了出来，她格外兴奋，拉住小林的手，一蹦三跳地朝着学校的方向走去。

在一个偏僻的角落，闪现出一个戴着口罩的女人。她神情恍惚地望着渐行渐远的小凌薇，眼神中充满了无尽的眷恋和痛苦，仿佛想要透过那小小的身影，抓住一些无法挽回的过去。

一旁树木层叠的隐僻之处，一个陌生男人手持照相机，将戴口罩女人的一举一动都拍摄了下来。

03

留置室单人床上，郑煜辉正深陷于沉沉的睡梦中，他的眉头紧紧皱起，似乎在梦中正承受着难以言喻的苦痛。

在这虚幻的梦境里，他终于见到了日思夜想的家人。母亲那熟悉却尽显憔悴的面容，妻女盈满泪水的双眸，如同一把把锐利的刀，无情地刺痛着他早已破碎不堪的心。

他伏在母亲身边，拉着她那枯瘦如柴的手，泪水肆意流淌："娘啊，我对不住您的教诲，是我亲手将自己原本光明的人生毁于一旦！亲手打碎了我们家曾经温馨无比的幸

| 人生不能重来

郑煜辉痛哭流涕

福。我带给你们的,是无法弥补的深深伤痛,更给党和国家造成了巨大的损失……"每一个字,都像是从他灵魂深处挤出来的血泪,沉重而又悲切。

湖边作画的王正梅和操持家务的王正梅叠映在一起,

十、天涯一望断人肠

她泪眼朦胧地望着郑煜辉哭诉："煜辉！此爱绵绵无绝期，曾经的点点滴滴，那些美好的过往，我都深深地铭记在心底。可你啊，为何却将这一切都忘了？"

郑煜辉哭道："对不起！对不起……我现在知道错了，可是晚了，人生不能重来，走过去就无法回头！"

郑雅琳泪流满面地哭着质问："爸爸！您一直都是我的人生榜样，您为什么要这么做？"那哭声，如杜鹃啼血，令人心碎。

郑煜辉心如刀割："爸爸对不起你们！如果我不利用手中权力谋取利益，也不会走到今天这一地步，爸爸想给你们留下点钱财，结果却把你们都害了……"

她们泪眼婆娑地望着郑煜辉。郑煜辉也同样含泪默默地注视着她们。在这对望的瞬间，他们仿佛近在咫尺，却又如同远在天涯。那无法言说的痛苦与无奈，那深深的眷恋与不舍，让人心如刀割，肝肠寸断。

她们影影绰绰，倏忽不见了。郑煜辉下意识地伸出手，想要抓住这些亲人，然而，却抓了个空。这一场空，让他猛地从梦中惊醒。他一下子坐起身来，再也无法抑制内心的悲痛，放声大哭起来。他用力地揪着自己的头发，仿佛这样便能减轻心中的痛苦，随后又趴在床上，呜呜地痛哭着,嘴里不停地念叨着:"我给亲人带来了多大的伤痛啊!我都做了些什么呀?都做了些什么呀?人生不能重来,我好悔呀!"

这哭声,在寂静的留置室内回荡,仿佛是对他过往错误的无尽忏悔,又仿佛是对失去幸福的绝望呼唤。每一个听到这哭声的人,无不为之动容,无不感受到他内心那深深的悔恨与痛苦。

曾经,他迷失了方向,为了一时的贪欲,放弃了自己的原则和底线。此时,他才真正明白,广厦千间,夜眠不过七尺;腰缠万贯,一日不过三餐。那些曾经令他趋之若鹜的利益与欲望,在家庭的温暖和亲人的爱面前,是如此的苍白无力、如此的微不足道。但是,一切都已太迟,他犯下的错误犹如刻在石碑上的铭文,无法磨灭;他给亲人带来的伤害恰似深入骨髓的伤痛,难以消除。他只能在这无尽的痛苦和悔恨中,独自咀嚼着心灵的苦果,如坠黑暗深渊,永无解脱之日。此刻,他真正明白,人生之路,一步错则步步错,贪婪的欲望如同致命的沼泽,一旦陷入,便难以自拔。惟有坚守初心,秉公用权,方能在这纷繁复杂的世界中,守护住真正的幸福与安宁。

十、天涯一望断人肠

04

郑煜辉的案件即将移交司法机关，王正梅正坐在客厅内，满脸焦急地等待着外出见律师的女儿。她双手紧紧交握，眼神中满是不安与忧虑。

终于，门被推开，郑雅琳走了进来。王正梅迫不及待地站起身，急切问道："雅琳，律师怎么说？"

郑雅琳扶母亲坐到沙发上，重重地喘了一口气，说道："妈，律师说爸爸的事情已经基本查清，两天后就要移交司法机关了！"

王正梅听罢，顿时泪流满面，只是不停地叹息，一句话也说不出来。

郑雅琳流着泪，气愤又悲伤地说道："我一直不相信爸爸会变，没想到爸爸真变了！他先后接受贿赂三千多万元，还有前段时间震惊全市的楼房倒塌事件，竟然是爸爸搞的'面子工程'，五人重伤，七人死亡，还有一个不满月的婴儿正躺在妈妈怀里吃奶，也和他妈妈一起被砸死了！"

"啊！"王正梅惊叫道，身体忍不住剧烈颤抖起来。她捂住胸口,仿佛心被狠狠揪住,"他怎么能做这样的事?怎么能啊!"王正梅声嘶力竭地哭喊着,泪水肆意流淌,"他怎么就变成了这样一个利欲熏心、罔顾人命的恶魔!"

郑雅琳紧紧抱住情绪几近崩溃的母亲,她们像是风雨中飘摇的两片落叶,孤独、无助又绝望。王正梅的双手紧紧揪着郑雅琳的衣服,手指关节因为用力而泛白。郑雅琳的泪水浸湿了母亲的肩头,她紧紧地咬着嘴唇,那被咬破的伤口鲜血淋漓,而她却仿佛感觉不到疼痛一般。母女俩的世界在这一刻彻底崩塌,无尽的痛苦如黑洞般将她们吞噬,每一声抽泣都带着深深的绝望,每一滴泪水都诉说着心碎的哀伤。

……

客厅隔壁的房间内,老太太一直静静地呆坐着,小林在旁边认真地擦洗地板到她脚下时,她也视而不见,但郑雅琳和她母亲的谈话内容,她全听到了。当听到郑雅琳说"一个不满月的婴儿正躺在妈妈怀里吃奶,也和他妈妈一起被砸死了"老太太有如五雷轰顶。

老太太突然感到自己像坐在快速降落的飞机上,气压突变,耳膜疼得厉害,而这句话像从遥远的天际滚滚传来,声音越来越大,一直冲击着她的耳鼓,仿佛要钻进她的头

十、天涯一望断人肠

颅里。

老太太突然拿起刚刚喝过药的杯子，猛地摔在地上，悲愤地大喊一声"作孽呀！"然后一下子栽倒在椅子上。

小林正擦着老太太房间的地板，见此情景，一下子惊呆了，她大叫起来："奶奶，奶奶您怎么了？"

王正梅和郑雅琳听到小林的呼喊声，急忙跑进老太太房间。

王正梅蹲在老太太身边摇着她的胳膊叫道："妈，您醒一醒啊！"

郑雅琳一边叫道"奶奶，您醒醒！"一边伸手去掐老太太的人中，掐了好长一会儿，老太太依然没有反应。她颤抖着用手去试老太太的鼻息，却发现奶奶已经没有呼吸了，她惊恐地对王正梅叫道："妈！"

王正梅急忙伸手到老太太鼻边，老太太已经没有呼吸了。

05

医院急救室的门终于打开。

王正梅、郑雅琳和甄浩男一下子围住大夫。

"我们已尽力了!"

虽然经过了紧急抢救,但还是没能挽回老太太的生命,她就这样满怀悲愤地离开了人世……

王正梅紧紧抓住老太太的手大哭:"妈,您不能走啊!烨伟、香怡尸骨未寒,现在您也走了,您让我可怎么活呀!"

深夜,郑雅琳依然待在病房内,抱住奶奶的尸体不放。"奶奶,奶奶,您快醒过来啊!"

甄浩男站在郑雅琳身旁泪流满面,看着她伤心欲绝,他心痛不已,但又不知该如何劝慰她。

……

许久许久,王正梅流着泪劝道:"乖,听话,把奶奶放下!"

郑雅琳把脸贴在奶奶脸上,心中悲痛万分地想道:"奶奶啊!您这一辈子吃尽苦头,到老没有享受到儿孙之福,反而被您一辈子引以为傲的儿子活活气死!奶奶啊,您知道吗?爸爸现在已经知道错了,可是,字写错了可以擦掉重写,画画错了可以撕掉重画,惟有人生之路,走错了就没有归途。他不惜以身试法,为了钱财弄得家庭支离破碎、

十、天涯一望断人肠

亲人生离死别,付出这么沉重的代价,不值得啊!"

06

豪华别墅客厅内,钱飞和魏青青正在查看账单。

这时钱飞的手机响了。

钱飞看了看来电显示,按下接听键,阴沉着脸不耐烦地说了一句"知道了!"就挂断了。

魏青青问道:"怎么了?不是你老婆又在催你回家吧!"

钱飞气愤地说:"她敢!是郑烨伟和李香怡的事,这两人真是不省心!这个时候还敢出去招摇!青青,咱们俩的护照要想办法尽快办好,不然再被他们传唤进去,我们就出不来了!"

"不会的,传了咱们两次了不都没事吗?老郑再说咱们怎么怎么,可他儿子郑烨伟已经在这个世上消失了,这叫死无对证!咱们还可告他诬陷呢!"

"对啊,你这个女人还真是聪明绝顶,怪不得老郑被你迷得神魂颠倒,对你言听计从!"

魏青青白了一眼钱飞说道:"一切不都是你的主意,口口声声说爱我,还把我亲手推给老郑!真不知道你是个什么人。"

钱飞辩解道:"那是没办法的事。老郑和我虽是老表,但他先前不是特讲原则、刀枪不入嘛,没想到被你这个小女人搞定了!你放心,我不是无情的人,只要这次咱们能平安出境,我就娶你,我所有的一切都是你的!"

魏青青气道:"娶我?直到现在你老婆也不和你离婚,你怎么娶我!别再忽悠我了,咱们现在在风口浪尖上,暂时还不好出境,你还是尽快赶到郊区去安抚一下他们,以防咱们还没平安离开,这俩人跑出去惹出事来就不好了!"

钱飞笑道:"好,我听你的,放心,我一直派人监视着他们,这俩人跳不出我的掌心!但是,你也要用尽一切办法帮他们拿到护照,他们如能平安出去,咱们也会安全一些!我是没有想到公安部门要做什么DNA鉴定,听郑雅琳说到现在都没有给她们结果,我怀疑这里面有问题呀!所以你一定要加快,花多少钱都行,只要能把他们送出去,明白吗?"

魏青青点点头。

十、天涯一望断人肠

07

郊区一楼房客厅内,李香怡正拿着一套男人装往身上套,郑烨伟一把夺过衣服,愤怒地说:"香怡,你疯了吗?这几天你一而再再而三地跑出去,万一被人看到,咱们所做的一切不都前功尽弃了吗?"

李香怡痛苦地叫道:"我是疯了,你那表叔想了这么一个馊主意,让咱们人不人鬼不鬼!"

郑烨伟内疚地望着妻子说:"对不起香怡,这一切噩梦很快就会结束,他们不是想办法帮咱们办护照了吗!只要咱们离开这儿,一切就会重新开始!"

李香怡流着眼泪说:"一切就会重新开始!真的会重新开始吗?就算我们跑到国外、跑到天涯、跑到海角,这儿发生的一切就能忘掉吗?父母家人和年幼的孩子我们就能忘掉吗?"

郑烨伟难过地低下头去。

李香怡激动地说道:"忘不掉啊!因为我们这儿长着一颗心啊!良心是每一个人最公正的审判官,你骗得了别人,却永远骗不了你自己的良心啊!与其我们天天活在良心的拷问之中,不如堂堂正正走出去,哪怕是进监狱,哪怕是杀头,也比这样不明不白地活着强!郑烨伟,你要是男人,咱们今天就一起走出这个门!"

郑烨伟无奈地叹了一口气。

李香怡接着说道:"这几天我天天远远地躲在凌薇学校门口,想看上女儿一眼,可不知是怎么回事,一次也没看到女儿,不知道家里是不是出了什么事情。"

……

客厅门外,钱飞偷偷地听着夫妻二人的对话后一愣,忙走到楼道拐角处掏出手机打了一个电话:"青青,你快带几个人到这儿来,别问了,快点,这儿要出事了,我先进去稳住他们!"说完他转身迅速回到门前按响了门铃。

郑烨伟从猫眼里看到是钱飞,转过头对李香怡轻声说:"是表叔,咱们刚才的对话也许他听到了,要小心应付,不然我们会有生命危险!一会儿如果有争斗,我拖住他们,你要趁机逃走!"

李香怡摇摇头轻声说道:"不行,就算死我们也要死在一起!"

郑烨伟紧紧地握住了妻子的手,四目相对,似有千言

十、天涯一望断人肠

万语,但谁也没说一句话。

房门打开,钱飞笑嘻嘻地走了进来。

看到只有钱飞一人,郑烨伟暗暗地长嘘了一口气,说道:"表叔,你今天怎么过来了?"

钱飞笑道:"我是给你们报告好消息的,护照青青已经托人办好了,你们这两天就可以离开这儿啦!"

郑烨伟假装高兴说道:"那就谢谢表叔了!"

钱飞看着李香怡假装关心问道:"香怡,怎么看你不太高兴,和烨伟吵架了吗?"

李香怡冷冷地说道:"没有!"

钱飞也冷冷地说道:"没有最好,你们已经没有回头路,有些事一转身就是一辈子,你就别再异想天开了!司机就在楼下,我让他送瓶好酒上来,咱们三个好好地喝一杯,算是为你们送行!"

钱飞拿出手机正准备拨司机手机号码时,郑烨伟一跃而起,出其不意地擒住了他。钱飞的手机也"啪嗒"一声丢在了一边,他挣扎了几下,却终究不是郑烨伟的对手,被紧紧地按倒在沙发上。

郑烨伟对着愣在一旁的李香怡大声叫道:"香怡,快去找绳子把他捆起来!"李香怡听闻,急忙去寻找绳子。

| 人生不能重来

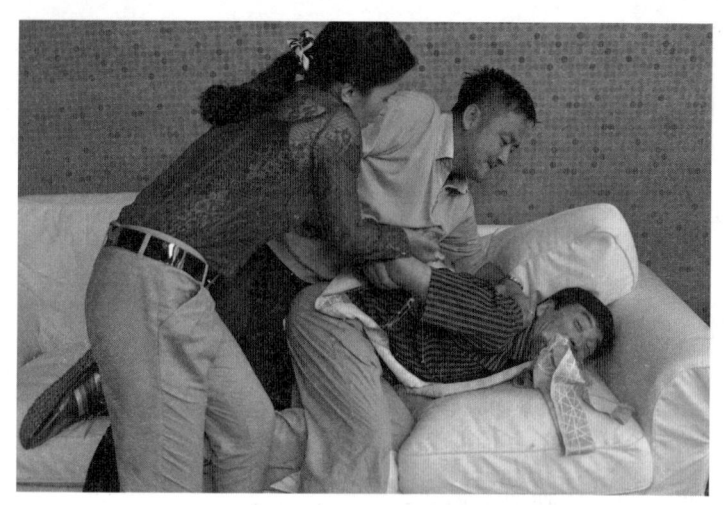

郑烨伟夫妇制服钱飞

钱飞大声叫嚷道:"郑烨伟,你这是干什么?"

郑烨伟义愤填膺:"我干什么,你心里难道不清楚吗?"

钱飞赶忙说道:"烨伟,我做这一切可都是为了你们好啊。倘若当初我不阻拦你们,你们此刻恐怕已经身陷监狱了。你不能如此恩将仇报啊!"

郑烨伟怒不可遏道:"为我们好?你分明是为了你自己!父亲大部分的钱财全都由我转移到了你的手中,我和你之间更是有着多宗见不得人的交易。只要我消失了,一切便死无对证,你就能够高枕无忧、心安理得地享用我们父子用命和自由换来的钱财。你的如意算盘打得可真是精妙绝伦啊！"

钱飞仍诡辩道："我绝不会贪占你们的那些钱，我的财富几辈子都花不完。我只是想让你们能够平安离开此地！烨伟，你切勿冲动，我这般做法对大家都有益处，也让你们免除了牢狱之灾啊。"

李香怡从里面匆匆跑出来，手里拿着一把剪刀和一些布条，她对郑烨伟说道："没找到绳子，我把被单剪了！"

郑烨伟急切地催促她道："香怡，快点，把他捆起来，没时间了！"

夫妻二人齐心协力，用布条将钱飞的双手和双脚牢牢地捆绑起来，随后把他扔在了沙发上。

钱飞还企图再说些什么，郑烨伟却将布条卷起来，塞进了他的嘴里。

钱飞绝望地瞪着他们，眼神中满是愤怒与不甘。

郑烨伟从地板上捡起钱飞的手机，放入口袋，又把剪刀放在另一侧口袋中，对妻子说道："香怡，这辈子我对不起你，如果有来生，我定会报答你的深情！你说得对，今天我陪你走出这道门！"

李香怡重重地点了点头，夫妻二人紧紧牵着手，毅然决然地走出了房门。

屋内，钱飞在沙发上拼命地挣扎着，他的身体不停地扭动，试图挣脱束缚。然而，那布条却绑得异常结实，无论他如何努力，都是徒劳。他因用力过猛，重重地摔在了沙发上，发出沉闷的声响。但他并未放弃，依旧不停地挣扎，额头上青筋暴起，汗水顺着脸颊滑落。沙发在他的折腾下，发出"嘎吱嘎吱"的声响，仿佛在诉说着这场争斗的激烈。

08

在郑家宽敞的客厅内，郑雅琳和甄浩男小心翼翼地搀扶着王正梅，缓缓往门外走出。

郑凌薇从后面急匆匆地追了过来，她紧紧拉住郑雅琳的衣角，可怜兮兮地哀求道："姑姑，带我去吧，我也想看看太奶奶呀！"

郑雅琳心疼地蹲下身来，温柔地说道："乖，你在家好好跟着小林阿姨，奶奶和姑姑很快就会回来的！"

小林走了过来，轻轻地抱住了郑凌薇。郑雅琳等三人继续朝着门口走去，身后传来郑凌薇高声的哭泣声，她边

十、天涯一望断人肠

哭边叫道："为什么不让我去呢？为什么不让我去呢？"

郑雅琳和王正梅听着郑凌薇那撕心裂肺的哭喊声，伤心的泪水瞬间夺眶而出。那泪水仿佛断了线的珠子，不停地滚落，每一滴都饱含着无尽的心酸与痛楚。

郑雅琳强忍着内心的悲痛，不敢回头，她害怕看到郑凌薇那充满渴望和委屈的眼神。王正梅则脚步踉跄，几欲转身回去安慰孙女，却又深知此刻无法带着她一同前往。

郑凌薇的哭声在客厅里回荡，小林紧紧搂着她，轻声地哄着，可孩子的哭声却丝毫没有减弱，仿佛要将心中的委屈全部宣泄出来。

09

郊外楼下的停车场，钱飞的司机小李正站在车外张望，看到郑烨伟和李香怡急匆匆地从楼梯上下来，他迎上前去问道："郑总，你们去哪？"

郑烨伟看他神情知道他还不知道发生了什么事，说道："小李啊！送我们去市区一下，后天我们就走了，钱总让你拉我们去买点东西。快，别让其他人看见了！"

小李挠挠头说道:"钱总怎么没打电话告诉我?对,钱总怎么没同你们一块儿下来?"

郑烨伟笑道:"钱总刚才在我那儿喝了点酒,有点累,正躺在上面休息。我们买完东西后你再回来接他。"郑烨伟说话之间就把小李推到了车上。

小李坐在驾驶座上为难地说道:"这、这,老板没安排!"

郑烨伟说:"我说不一样吗?快走、快走!"

小李无奈发动车子向大门外驶去。

郑烨伟口袋里钱飞的手机响了,他拿出来一看上面显示是魏青青的电话,他"啪"的一声挂断了!随即魏青青的一条短信又传了过来:"你怎么不接电话,我已带人快到楼下了,要不要上去把他们先抓起来,必要时可让他们真的消失。"

郑烨伟看后气愤万分,他在心中暗骂道:"好狠毒的女人。"他把手机交给了李香怡,然后拿出剪刀猛地对准小李的后脑勺说道:"把你的手机拿过来,只要你按我说的办,我就不会伤害你,否则一刀穿死你,反正我会进监狱,也不在乎手里多你一条人命!"

小李结结巴巴地说道:"郑总,有、有事、有事好商

十、天涯一望断人肠

量,手机给你。"说着他把手机递给了郑烨伟。

郑烨伟边用剪刀对准小李后脑勺,边对李香怡说道:"用钱飞手机给魏青青回信,就说你现在先不用上来,就在楼下等候,以免打草惊蛇,这俩人是对大傻瓜,已被我稳住,我现在正和他们喝酒,并让小李回去拿酒了,先把他们都灌醉再说!"

很快一条短信回了过来,李香怡念道:"好的,我带人在楼下候着,随时听你通知!"

郑烨伟道:"给她回信息'好的',然后往家里打个电话,见一下家人后,咱们就去自首!"

李香怡点点头,立即给魏青青回了信息,接着她拨通了家里的电话。

"喂,你好!"话筒里传来小林的声音。

李香怡迟疑一下说道:"你好,请郑太太或郑雅琳接电话!"

小林回答道:"奶奶去世了,她们去公墓了!请问你是?"

"啊!"李香怡惊叫一声挂断了电话。

那边小林手拿着已经挂断了的电话,不禁自言自语道:"真是怪了,这女的声音怎么这么像凌薇妈妈的声音。"

郑凌薇立即问道:"你说谁?我妈妈?"

小林忙掩饰道:"没有?我听错了!"她满腹疑惑。

车内,气氛异常紧张。

郑烨伟突然发现李香怡打过电话后表情异常复杂,不安地问道:"怎么了?"

李香怡两眼含泪看着他说道:"小林说奶奶去世了,妈妈和雅琳都去了公墓。"

郑烨伟瞬间泪流满面,他一只手痛苦地抓住自己的头发,一只手拿着剪刀顶住小李后脑勺,用沙哑的声音命令他道:"把车直接开到公墓。"

小李连连道:"好的,好的,您别激动!"

10

公墓,一排排墓碑直立着,透出几许悲伤、几许凄凉。

王正梅、郑雅琳和甄浩男站在一块新立的墓碑前,碑上写着"慈母钱玉英之墓",墓前放着几束菊花。

刘伟轩、刘朋和三位四十岁左右的中年男人手捧白色菊花从远处走来,他们走到了郑母墓碑前,深深地鞠了三个躬。

十、天涯一望断人肠

王正梅吃惊地望着刘伟轩，语无伦次地说道："你们这是……煜辉对不起组织、对不起党啊！"

刘伟轩痛心地说道："嫂子，煜辉没能坚守廉洁从政，走向了犯罪的深渊，但他曾经也为这座城市的发展作出了一定贡献。现在老太太走了，我们应该来送送她老人家！"接着他向王正梅介绍道，"这位是李副书记，这位是杨副市长，这位是吴主席，书记和市长在外出差，他们嘱托我们，也代表他们来送送老太太！"

王正梅感动得不知说什么，泪流满面对大家鞠了一个躬道："谢谢你们、谢谢你们！"

这个家，彻底地毁了，彻底地毁在郑煜辉的手里了。王正梅心中惆怅哀伤，无法释怀，她万般无奈地望向远方……突然，她用手向远方指了一下，大叫道："啊，啊！"

郑雅琳、甄浩男和刘朋等人顺着她手指的方向望去，也一下愣住了：只见郑烨伟用剪刀对着一个人的脖子，李香怡在他后面跟着，三人正朝这个方向走来！

郑烨伟走到大家跟前，看到大伙都还愣着，他首先对甄浩男焦急地喊道："浩男，快来看好这个人，别让他逃跑去报信！"

甄浩男揉了揉眼，不相信地问道："烨伟哥，是你吗？"

郑烨伟点点头。

甄浩男和刘朋急忙上前一人拽住小李的一只胳膊。

郑烨伟和李香怡流着泪双双跪在了郑母墓前磕了三个头，然后他们又跪在了王正梅跟前。

王正梅还是不肯相信自己的眼睛，她狠狠地掐了一下自己说："很疼啊，我不是在做梦！"她扑上前紧紧地抱住郑烨伟和李香怡，泣不成声："我的孩子啊，我的孩子啊，你们都还活着，这是真的吗？这到底是咋回事啊？"

郑雅琳也在一旁哭泣着问道："哥，这究竟是咋回事？"

郑烨伟哽咽着诉说了事情的一切……

那天，郑烨伟和李香怡去机场接郑雅琳，突然接到妈妈的电话知道爸爸出事了，他们担心妈妈，交待甄浩男去接郑雅琳后，就从机场高速调转车头向家里疾驶，下了高速路后，却接到了表叔钱飞的电话。

"烨伟，我是表叔，咱们见一下，我的车现在就停在你车前面的路口。"

"表叔，有事到家去说，我得马上回去！"

"不行，现在到你家不方便，这个事很急，咱们必须见一下，不会耽搁你几分钟的。"

出于礼貌，郑烨伟还是答应了表叔，开车跟着钱飞来

十、天涯一望断人肠

到郊区的一栋楼房客厅内。

一进房间,钱飞、魏青青等八九个人立即把郑烨伟、李香怡围在中间。

魏青青对几个男人说道:"把他们的手机都收过来关掉。"

两个人从他们身上抢来手机抠下了电池。

郑烨伟厉声道:"表叔,你们想干啥?"

钱飞阴沉着脸道:"烨伟,你也知道你父亲出事了,现在咱们是一条线上的蚂蚱,跑不了你也蹦不了我,咱们必须合作。"

郑烨伟叫道:"怎么合作?"

钱飞慢悠悠地说道:"你们必须从这个世上消失,咱们才能免除牢狱之灾。"

郑烨伟怒道:"姓钱的,你?"

钱飞笑道:"大侄子,别紧张,叔叔怎么舍得真让你们消失呢!只不过咱们要演一场戏给他们看看!"

郑烨伟怒气冲冲地叫道:"你赶快放我们回家,我没时间陪你做戏!"

钱飞大声道:"这就由不得你了,青青已安排好了一切!"

魏青青随即对其中四五个人说："事情一定要办好，找一个人少的郊外公路，制造一起交通事故，目击证人等都要找好，要做到天衣无缝，让人找不到破绽，都记住了吗？"

几个人点点头出去了。

钱飞对剩下的几个人安排道："这几天你们要好好照顾郑总夫妇，别让他们出去，万一进了监狱，我可对不起表哥。"

郊区山上，几个人把郑烨伟的黑色轿车用力推下山去。守候在山下的一个秃头小子手里提着一桶汽油，他把一桶汽油全浇在已经摔得严重变形的轿车上，然后打开火机点燃了汽车。

望着熊熊燃烧的轿车，他拿出手机拨号道："喂，110吗？白县老沟发生了一起车祸……"

……

听完郑烨伟的诉说，大家都恍然大悟。

郑雅琳道："当初我看到哥哥的车牌，伤心欲绝，就认定了尸体是哥哥、嫂嫂的，我真是太糊涂了！"

甄浩男道："当时我还奇怪钱飞怎么来车祸现场了，原来这一切都是他亲手设计的！"

十、天涯一望断人肠

郑雅琳气愤道:"只怪我太信任他了。"

李香怡气愤地说道:"雅琳,这怎能怪你呢!只怪钱飞太狡猾了!制造车祸事件后,他认为我们已经没有退路了。后来我们也听取了钱飞的建议,故意躲藏起来。再后来,我们越来越思念家人,我就戴上口罩、墨镜偷偷地躲在学校门口想看上几眼凌薇,我想她想得食不能进、夜不能寐,我们的良心也越来越受谴责,我和你哥最终决定不再过这种活死人的生活了,决定自首。当钱飞知道我们想出来自首后,立即产生了杀死我们的想法……如果不是你哥机智,这次我们真得死在他手上了!"

郑烨伟点了点头,然后站起身来走到刘伟轩身边道:"刘书记,请你带我们夫妇到专案组吧!"

刘伟轩点点头说道:"钱飞是聪明反被聪明误,其实我们早就怀疑车祸的真实性。他没想到公安部门会做 DNA 鉴定,当 DNA 鉴定结果出来确定尸首不是你们夫妇时,专案组就已让公安部门介入了,决定鉴定结果暂不公布。我们之所以没这么快收网,一是给你们夫妇一个自省的机会,二是借此机会抓获幕后黑手,让他自己跳出来!现在你们夫妇迷途知返,主动投案自首,我会向上级部门反映争取对你们宽大处理。"

| 人生不能重来

钱飞、魏青青落网

郑雅琳恍然醒悟道:"原来如此呀!怪不得我往事故处打了多次电话,他们都说鉴定结果没出来,我还一直纳闷呢!"

此时,在郊外楼房的停车场内,还在车里耐心等待的魏青青等人被几个便衣警察当场抓获,钱飞也被押了下来。

魏青青、钱飞一直高声地喊着"为什么要抓我",当他们看到郑烨伟从一辆黑色轿车上下来后就不再喊叫了,钱飞也低下了高高扬着的头。

十、天涯一望断人肠

11

郑家客厅内，郑雅琳、王正梅、郑凌薇、小林四人静静地坐在沙发上，气氛凝重而压抑。

郑雅琳望着郑凌薇，柔声道："凌薇，姑姑刚才告诉你的话记住了没？见到爸爸、妈妈不要哭，他们身上有伤，还要出去继续疗伤。你要安慰爸爸、妈妈，让他们在外面好好疗伤，告诉他们你会好好的，不要让他们挂念，能做到吗？"话落，郑雅琳的眼泪不受控制地顺着脸颊滑落。

郑凌薇站起身，用她那稚嫩的小手轻轻帮姑姑擦拭着泪水，乖巧地说道："姑姑，别哭，我记住您说的话了！"

坐在一旁的王正梅再也抑制不住，放声痛哭起来："我可怜的孩子啊！"

片刻之后，郑烨伟、李香怡，还有刘伟轩等人从车内走出。

刘伟轩说道："快进去吧，别让她们等急了，时间很宝贵，能和她们多待一分钟就多待一分钟，我就不进去了，在外面等你们！"

夫妻二人异口同声地说了声"谢谢！"便急匆匆地朝着大门跑去。

刘伟轩望着夫妻二人跑进大门的背影，沉重地摇了摇头，眼中满是无奈与痛惜。

郑凌薇突然看到爸爸、妈妈，瞬间一跃而起，如离弦之箭般飞奔而去，高声大喊："爸爸妈妈，爸爸妈妈！"

夫妻二人赶忙蹲下身去，三个人紧紧拥在了一起。郑烨伟泪如泉涌，李香怡泣不成声。

郑凌薇一边用手替父母擦着眼泪，一边哭着说道："爸爸妈妈不哭，你们身上有伤！你们要好好地养伤，不要担心我，我在家跟着奶奶和姑姑会很听话、很听话的，我会乖乖地在家等着你们养好伤后再回来！"

一家人都被小凌薇这懂事的几句话触动心弦，泪水决堤，一时间哭声震天，构成了一幅令人心碎的生离死别之凄惨画面。

12

儿子、媳妇"复活"的事实让王正梅又喜又悲，喜的是儿子、媳妇还活着,悲的是二人都参与了郑煜辉部分受贿案,不久的将来也会和他们的父亲一样被判刑。

现在老太太去世了,昔日热闹非凡的家中,如今只剩下她、女儿及幼小的孙女,王正梅承受不了这个沉重的打击,大病了一场!

病愈后,一连多天王正梅都窝在家中不出门,也不和女儿及孙女说话,郑雅琳担心得不知该怎么办才好,她怕妈妈患上抑郁症!

这一天早饭后,小林去送郑凌薇上学了,家中只剩下母女二人,郑雅琳劝母亲道:"妈,我陪您出去走走吧,现在已经立秋,外面空气很好!"

王正梅好像没有听到女儿说话,呆呆地坐在沙发上,两只无神的眼睛望着窗外。

看到母亲的神情,郑雅琳的眼泪直流,她坐到母亲身边道:"妈,我求求您,别这样折磨自己!"

看到女儿流泪,王正梅忙帮女儿擦干眼泪道:"孩子,别哭,爸爸、妈妈对不起你们!"

郑雅琳拉住妈妈的手道:"妈,您别自责,这一切都不怨您啊!"

王正梅叹道:"这些天我一直在反思自己,你爸爸走到今天这个地步，我也是有责任的，说实话，我太爱他，对于他说的话、做的事我相信都是对的，相信他超过相信自己，如果我头脑清醒一点，时时刻刻提醒他要遵规守纪，咱们家也不会这样支离破碎，我没有当好'廉内助'，把好'后院关'呀！"

郑雅琳劝慰妈妈道："妈，您别再自责，爸爸、哥哥、嫂子还有我们再怎么后悔也不能改变什么。如果人生可以重来，我相信他们都不会选择之前所走的路！"

王正梅哭道："你说你爸爸这是干什么呢！要那么多钱干嘛，能带进棺材吗？人不可能把钱带进棺材，但钱可以把人送进坟墓、带进地狱呀！最令我痛心的是他把你哥哥嫂子也害了，那么优秀的两个孩子也跟随他步入了犯罪的深渊！"

"妈，事已至此，您就别想那么多了，为了我和凌薇您也得保重自己。您别老闷在家里，走，我陪您去外面转转。"说完郑雅琳强拉起母亲搀扶着她向门外走去。

13

繁华路段的一个花店内，甄浩男兴冲冲地走进来，对

十、天涯一望断人肠

花店女老板道:"老板,给我扎99朵红玫瑰。"

花店老板是一位三十多岁的女子,她笑嘻嘻地问道:"向女朋友求婚呀!"

甄浩男微笑点头。

"我给你扎一束最漂亮的玫瑰花,祝愿你心想事成!"

"谢谢!"

郑家院子外,甄浩男捧着一大束玫瑰站在车前。

郑雅琳扶着母亲从一边走来。

甄浩男疾步上前,不顾王正梅在场,单膝跪在郑雅琳面前。

郑雅琳急道:"甄浩男,你这是干什么?"

王正梅微笑道:"傻孩子,浩男是在向你求婚。"说完,她拍拍女儿的手转身向大门内走去。

甄浩男对王正梅道:"阿姨,您别走,我追了雅琳将近九年了,可她至今都不开口说要嫁给我!请您答应让雅琳嫁给我,我向您老发誓,这一辈子我都会对她好,决不会让她伤心难过!"

王正梅叹道:"孩子,终身大事,你应该问雅琳同意不同意啊!她若不愿意嫁给你,我拿她也没办法啊!"

甄浩男微笑着对雅琳哀求道:"雅琳,你看阿姨都同意了，你快点头答应啊！"

郑雅琳苦笑道："哎，真拿你没办法！快起来！"

甄浩男欣喜道："这么说你答应嫁给我啦！"

郑雅琳微笑着点了点头。

甄浩男兴奋地一跃而起，二人紧紧地拥在了一起。

王正梅看了二人一眼，满脸微笑但却双眼含泪走开。

14

外面的天空阴云密布，仿佛一块巨大的黑幕沉沉地压下来，似乎随时都要崩塌。不多时，雨水如万条银丝从天际悠悠飘下。

甄浩男的父母亲正坐在客厅的沙发上交谈着，这些日子，浩男和雅琳的事情成了他们聊天的主要话题。

甄母忧心忡忡地说道："外面下雨了，浩男怎么还不回家呀！"

甄父眉头紧蹙："浩男是不是还在和郑雅琳来往？"

甄母迟疑说道："好像是吧！"

甄父顿时生气地说道："你就不能告诉他不要再和郑雅

十、天涯一望断人肠

琳来往了。听说郑煜辉滥用职权，在外面包养女人，贪污受贿几千万元，还把他儿子儿媳也拖下了水，一家三口会同时受审的……"

甄母附和道："前几天我也听邻居说他会被判重刑，儿子媳妇也会判好几年，咱们要是和郑煜辉做亲家，那这一辈子在亲戚邻居面前就永远抬不起头了！"

甄父长叹一声："是啊！浩男的形象也会受损的，咱儿子现在可是名律师，到时谁还会请他当法律顾问，谁还会请他打官司呢？"

二人正说着，门铃骤然响起。

甄母站起身，打开房门。

甄浩男一手撑着雨伞，一手紧紧拉着郑雅琳走了进来。

甄父、甄母对视一眼，还是强挤笑容和郑雅琳打了招呼。

甄浩男满心欢喜地对父母说道："爸爸、妈妈，告诉你们一个好消息！我和雅琳决定要结婚了。"

父母的脸色瞬间黯淡了下来。

郑雅琳望着他们，原本微笑的脸庞顿时僵住了，她无助地看向甄浩男，眼中充满了迷茫与哀伤。

甄浩男察觉到父母极不自然的表情，忙对郑雅琳说道：

"雅琳，你坐吧！"

郑雅琳尴尬地回应道："我去一下洗手间！"

甄浩男来到父母身旁，抱怨道："爸爸、妈妈，你们刚才太过分了，你们让雅琳怎么想！"

甄母一脸不满地说："你不能同雅琳结婚，和郑煜辉做亲家，我们感到丢人。你就算不为我们着想，你也要为自己的名声考虑一下……"

"妈，你……"甄浩男话音未落，郑雅琳已经出现在他们面前。她脸色苍白，冷冷地说道："对不起，我还有事，先走了！"说完，她转身向门外奔去。

15

郑雅琳泪水如决堤之水倾泻而下。

"和郑煜辉做亲家，我们感到丢人！"这句话，如魔咒一般在她耳边不断回响着，她嘶声大叫着，不顾一切地向前疯跑。

甄浩男在背后追着她，大声喊道："雅琳，不要跑。"

他终于追上了她，不顾一切地拦腰抱住了她。

十、天涯一望断人肠

郑雅琳奋力捶打着他,哭喊道:"放开我、放开我!"

甄浩男没有松手,大声吼道:"雅琳,对不起,请原谅我的父母!他们是他们,我是我,这一辈子我非你不娶!"

郑雅琳依旧捶打着他,悲伤地哭叫道:"你不要管我,我是一个罪犯的女儿啊!你若娶了我,你们全家都会蒙羞,会被人指指点点,在众人面前永远抬不起头来。"说着,她挣脱了甄浩男的怀抱,继续冒雨向前跑去。

甄浩男在后面紧追不舍,喊道:"雅琳,不要在乎别人的反对。记住,风筝是逆着风而不是顺着风飞到天上的。"

郑雅琳转身停住,怒目而视,冲他喊道:"可是反对我们的不是别人,而是生你养你的父母,况且我们也不是风筝!求求你不要再跟着我啦!能不能让我静一静?"

甄浩男呆立在原地,不敢再向前一步。雨水无情地拍打在他的脸上,与他的泪水混在一起。他望着郑雅琳离去的方向,心如刀绞。风在呼啸,仿佛也在为这对苦命的恋人悲叹。

郑雅琳在雨中奔跑着,她的脚步越来越沉重,心也越来越痛。她不知道自己该何去何从,只觉得整个世界在这一刻崩塌了。

雨还在不停地下着,仿佛要将这世间的一切悲伤都冲刷干净。但这对恋人心中的伤痛，却如这雨丝，密密麻麻，无穷无尽。

16

当郑雅琳回到家时，她的全身已然湿透，俨然成了落汤鸡。

王正梅瞧见女儿浑身湿漉漉地走进来，她满心怜惜地对女儿说道："你出门怎么也不带把伞，快去换一件衣服，不然准会感冒的。"

郑雅琳缓缓来到母亲身边，蹲下身子，将头轻轻地贴在了母亲的双膝上，轻声说道："妈妈，咱们带着凌薇离开这座城市吧！"

王正梅心里清楚，女儿必定是遭遇了什么伤心之事，她迟疑了片刻，张了张口想要询问女儿，可最终还是放弃了这个念头，只是轻轻抚摸着女儿湿漉漉的头发，心痛地点了一下头。

夜晚悄然降临，郑雅琳躺在床上，翻来覆去难以入眠，无奈之下起身站在窗前，泪水不受控制地肆意流淌。

十、天涯一望断人肠

她悲，一个原本完整的家就这样支离破碎！

她痛，多年来用心守候的爱情就这样戛然而止！

就在这时，忽然传来郑凌薇的哭叫声，她心急如焚，匆匆忙忙地朝着凌薇的房间跑去。

待郑凌薇再次熟睡之后，郑雅琳独自一人留在客厅，那些尘封在心底的往事如纷飞的雪花在记忆中纷纷扬扬，泪水决堤，难以平息。她望着窗外的夜色，回忆如潮水般不断涌来。她想起与甄浩男在一起的日子，那些甜蜜的瞬间如今却成了刺痛心灵的利刃。她抱紧自己的双臂，试图寻找一丝温暖，可内心的寒冷却无法驱散。

此时的甄浩男，正在郑家的院外徘徊不定。他那张满是忧伤的脸，不时地望向她的窗户，目光中饱含着深情与纠结。他想敲门进去，将心爱的人拥入怀中，给予她安慰与温暖；但又不忍心进去打扰，这段时间郑雅琳无论是身体还是精神都已疲惫不堪，他只愿郑雅琳能让身心得到片刻的安宁。

夜越来越深，风轻轻吹过，带着丝丝凉意。甄浩男在院外静静地站着，思绪万千。他想起曾经与郑雅琳在一起的美好时光，那些欢声笑语仿佛还在耳边回响，可如今却物是人非，他的眼眶渐渐湿润，心中的痛苦如巨石般沉重。

月亮悄悄探出头,月光如水,分别洒在窗内的她和院外的他身上,却无法照亮他们心中的阴霾。他们在这寂静的夜晚,各自承受着内心的煎熬,痛苦而又无奈。

17

凌晨5点,淡青色的天空中还零星镶嵌着几颗残星,大地一片混沌,仿佛被一层轻薄的黑纱所笼罩。

此时,一辆出租车悄然停在了郑家院外。郑雅琳将两个行李箱小心翼翼地放进后备箱。王正梅牵着睡眼惺忪的小凌薇缓缓走了出来。郑雅琳赶忙接过孩子,轻轻抱她上了车。

王正梅满是留恋地凝视着眼前熟悉的小区,又抬头望向自家那黑漆漆的窗户,缓缓地转身上了车。

出租车缓缓启动,驶出了小区。

郑雅琳转过头,望着仍沉浸在黑暗中的小区大门,在心中默默念道:"别了,我的家!别了,甄浩男!"

小凌薇已经睡着,她在郑雅琳的怀里不停地梦呓着:"我要爷爷……我要爸爸、妈妈……"

十、天涯一望断人肠

王正梅从前座转过身，望着她那可怜的小孙女，早已泪流满面。

天色逐渐明亮起来，公路上车辆稀少。透过车窗，一座座高楼在眼前飞速闪过。郑雅琳的泪水在眼眶中打转，她在心中暗暗自语："流过泪的眼睛会更加明亮，滴过血的心灵会更加坚强。哪怕遭受再大的打击，只要生命还在，我坚信每天的太阳都是崭新的。未来的人生，我将去往何方？走吧、走吧，离开这里吧！带着凌薇和母亲去偏远山区支教，将毕生所学传授给孩子们，为父亲犯下的罪孽赎罪！"

18

对于甄浩男而言，这一夜无比漫长。天终于亮了，他握着手机，一遍又一遍地拨打着郑雅琳的号码，电话虽然通着，却始终无人接听。

这时，他收到了一条郑雅琳发来的短信："浩男，谢谢你在我最痛苦的时候一直陪伴在我身旁。但我不能连累你，更不能连累你的家人。请你不要怪罪你的父母！凌薇还小，

| 人生不能重来

暂时还不明白发生了什么,一旦她知晓了,所受到的伤害将难以估量,这会直接影响到她的心态、性格和未来……我们必须离开这里,去一个无人认识我们的地方开启全新的生活!浩男,谢谢你的爱,我也爱你,我多么渴望在我的人生道路上能有你的相伴同行,可我必须面对现实啊!请你多多珍重,不要找我,去追寻属于你自己的幸福吧!"

"雅琳!"甄浩男泪如雨下,痛苦地嘶声大喊,匆匆忙忙地冲出了家门。

马路上,甄浩男的车风驰电掣般地前进。

19

在郑家那扇紧闭的大门前,甄浩男拼尽全力地拍打着,他声嘶力竭地呼唤着雅琳的名字,可是,回应他的只有那令人心碎的寂静。他的泪水肆意地在脸颊上奔涌,他像被抽去了脊梁一般,颓然地坐在了门前的台阶上。他的手颤抖着,缓缓地拿出手机,仿佛这是他在这绝望时刻唯一能够抓住的救命稻草。

十、天涯一望断人肠

20

高速路上，一辆出租车急速飞驰。

车内，王正梅目光直视前方，郑雅琳紧紧抱着酣睡的郑凌薇。母女二人看似平静的面容上，隐隐透着些许坦然。

郑雅琳的手机突然响起了信息铃声，她打开手机，一行字跃入眼帘："雅琳，我永远不会放弃你，这辈子，你走到哪里，我就会追到哪里。"

郑雅琳一行泪水滑落脸庞。

出租车迎着初升的太阳，一路向前飞驰，仿佛要驶向那未知却又充满希望的远方。

尾　音

某市中级人民法院依法对郑煜辉受贿一案作出一审判决：以受贿罪、巨额财产来源不明罪判处死刑，缓期两年执行，剥夺政治权利终身，并处没收个人全部财产。其子郑烨伟、儿媳李香怡以及钱飞等相关涉案人员也都受到了法律应有的惩罚。一个原本幸福的家庭顷刻间瓦解！

人生不能重来

人生不能重来,走过去就无法回头,为了国家和人民的利益不受损失,为了家庭的幸福安宁,为了亲人不再流泪,请珍爱自己,拒腐防变!

用清廉守护幸福

(代后记)

写完《人生不能重来》这部长篇小说,我的心情颇为沉重,甚至有一种想要痛哭一场的感觉!因为这部小说不是虚构的,而是发生在现实生活中的一些真实案例。

我曾在某市纪委工作五年,耳闻目睹了一些官员落马后,其家人面临的悲惨事情:有的儿女患上了精神病,有的妻子哭瞎了双眼,有的母亲被活活气死等,一个个幸福美满的家庭在顷刻间支离破碎!

家庭是社会最小的细胞,是社会安定的基础,是每个人温馨的港湾。一旦家庭瓦解,活着的人会有什么幸福可言!

勤廉者平安一世,贪婪者自毁一生。党员领导干部只有用清廉才能守护自己和家人的幸福!

人生不能重来

铭刻在我脑海深处,永远挥之不去的是一位大学同学和她母亲的遭遇:这位同学的父亲因贪污受贿被判了十年有期徒刑,自从她的父亲被判刑后,她就像从这个社会上消失了一样,辞掉了令人羡慕的工作,换掉了原先的手机号码,好多同学去找她,但每次她家都是大门紧闭,没有人知道她去了哪里,包括与她差一点就步入婚姻殿堂的男朋友!在调到外地工作的前一天,我决定再去她家看看,说不定运气好了能碰到她!

房门依然紧闭,但门很干净,如果长时间家中不住人,不可能这么干净,所以我断定她家里一定住着人!

我没有上前敲门,而是静立在门前耐心地等待,因为我知道她一定是不想见人才天天紧闭房门!

夜幕降临,而我也已经在她家门外站了四个小时。我虽然不放心,还是决定不再打扰她。当我转身要离开时,门"咯吱"一声打开了,黑暗中一个脑袋伸出来向外观看,当看到门外站着一个黑影时,门"砰"的一声关上了。

我知道一定是她!于是我敲了一下门对她说道:"看到你,我就放心了,你保重身体,我先走了,如果需要我做什么,尽管给我打电话!"

大约五分钟后,门又重新打开了,黑暗中她趴在我的肩膀上失声痛哭，而我也陪着她流下了伤心的泪水！

好大一会儿，她才停止哭泣，把我让进客厅。

客厅里一片黑暗，我问她："为什么不开灯？"

她叹了一口气说道："我不想让人知道家里有人！要不是母亲病了，我们早已经离开了这儿！"

我劝慰她说："别这样，这一切又不是你的错，你要好好地生活下去！"

她又一次忍不住哭泣道："我怎能好好地生活啊！自从爸爸判刑后，我和妈妈都感觉无脸见人，我们不敢出去，害怕别人对我们指指点点！我和妈妈本来是准备离开这儿，去一个无人认识我们的地方开始新的生活，临走时妈妈却病了，无论怎样劝说她也不肯去医院。我们天天躲在家里，白天拉上厚厚的窗帘，夜晚不敢开灯。这一段时间对我们来说没有白天和黑夜之分，只有在真正的黑夜降临之时，我才戴上口罩，像做贼一样偷偷地溜出去买一点白天要吃的东西！"

"啊！"我无比惊愕地听着她的诉说。

她接着对我说道："让我最痛心的是，奶奶一辈子以我爸爸为骄傲，他却把辛辛苦苦拉扯自己长大的母亲活活气死了！老家的叔叔打来电话告诉我和妈妈这个噩耗，我和妈妈痛不欲生。虽然叔叔对外公布的是奶奶因病去世,但我们母女还是没有回老家奔丧。因为,我们不敢面对奶奶去世的事实!"

她呜呜痛哭起来,我不知该如何劝说她,只感觉自己的心在不停地颤抖。

她情绪稍微稳定后,我提出想看一下阿姨。她拒绝说:"还是别见了,她患了抑郁症,现在一天也不说一句话!"

黑暗中我看不到她的表情,但能感受到她那种痛彻心扉的心情。我该怎样劝她呢?我又能怎样劝她呢?

这时她对我说:"谢谢你来看我,请你以后也不要再来我们这儿,别人会说闲话,对你影响不好!"

我摇摇头叹气道:"你以后有什么打算?需要我帮你做点什么?"

她哽咽着说:"还能有什么打算,走一步是一步吧!"

临走,我掏出了包内所有的钱交给她,她推辞再三,最后说:"你如果想帮我,就帮我租一辆出租车,让他明天凌晨到我家楼下,我刚才出去就是想去找一辆出租车!"

"你们要离开这儿?"我不安地问。

"是的,我们必须离开这儿,不然母亲的病情会越来越严重的!"

我急忙问:"找好去的地方没?"

"去偏远山区。"她幽幽地回答道。

"我开车送你们!"

"不用,你帮我找一辆出租车就行了!"

走出她家,我的眼泪倾泻而出。

我不敢想象,第二天凌晨,她是怀着何等悲痛的心情搀着患病的母亲,坐上出租车离开家和这座养育了她多年的城市!

此后,一年多时间我没有她的任何消息,正所谓百花落尽雨凄凉,一别两茫茫!

我调到外地,依然固执地保留着一个她知道的老手机号码,就是为了有一天能够接到她的电话或者短信。

一个优秀的女孩就这样销声匿迹了!一个幸福的家庭就这样支离破碎了!

造成这一切后果的原因是什么呢?

终于,在一个无眠的夜晚,为不让同学的家庭悲剧在一些领导干部家人身上重演,我怀着沉重的心情,拿起手中之笔,打破常规,不着重描写贪官是如何腐化堕落一步步跌入犯罪深渊的,而是写贪官落马后其家庭成员所背负的惨痛代价,以此来警醒领导干部远离腐败。

| 人生不能重来

  这部小说的内容全部取材于现实生活中的真实案例,已被改编为同名电影,将在全国公映。如果读者、观众看到这部小说或者电影后能够引起深思,时刻警醒自己不犯错误,我写作的目的也就达到了!

  在此,我衷心感谢中央纪委中国方正出版社的各位领导,他们不辞劳苦,亲临郑州指导小说的写作;在挥汗如雨的酷夏,还两次亲临北影去修改影片。感谢河南省纪委各位领导的指导与帮助,尤其让我感动的是,百忙之中的省纪委主要领导还亲自审看影片,并提出建设性的修改意见。感谢郑州机场公司领导和同事,他们给了我创作这部小说和电影的时间。郑州机场是中原第一窗口,是河南人心中的"凤凰",这个圣洁而又神奇的地方给了我不竭的创作灵感。感谢林岷教授为小说题写序言,她对文化的执着追求,值得我学习。

  最后我要感谢我的家人和朋友,没有他们的支持,我也不会顺利完成小说创作和电影拍摄,最让我心疼的是我四岁的女儿,今年她好像一下子长大了,当我在书房累得腰酸背痛时,她就会轻轻走到我背后用她的小拳头给我捶背敲肩。每次小女儿都累得满头大汗,令我心疼却又感动!

由于时间仓促，书中难免会有不当之处，敬请读者原谅！

张小莉

2012 年 8 月 16 日

再版后记

近日,我接到中国方正出版社希望再版《人生不能重来》的电话,内心满是感慨与欣慰,思绪亦如潮水般翻涌。

回首 2012 年,当我提笔写下这部关于官员落马后带给家人种种影响的作品时,未曾料想它能引发如此广泛且强烈的反响。十余年来,它已发行近十万册,一次次的加印,皆让我深感责任之重、使命之艰。

创作此书的初衷,乃是想借文字如刀似剑的力量,揭开那层被贪欲蒙蔽的纱幕,使人们可以近距离窥见腐败案件背后那满目疮痍的凄惨景象。"莫伸手,伸手必被捉"。那些落马的官员,被权力和金钱的欲望所迷惑,妄图追逐虚幻的满足,最终留给家人的却是无尽的痛苦、洗刷不去的耻辱和破碎的亲情。

在众多读者的反馈中,有人感叹命运的无常,有人义愤填膺地痛斥贪婪的罪恶，也有人因此更加坚定了廉洁自律的决心。这些声音如同洪亮的钟声，让我深刻认识到，这本书不仅是一部文学作品，更是一面反映现实的明镜，它引导人们深入自我审视，深刻反思人生。"吾日三省吾身，则知明而行无过矣。"愿我们都能从这面镜子中，找到自己前行的方向，坚守内心的正道。

此次再版，是对过往的总结，亦是新的起点。在保留原作核心内容的基础上，我对部分内容进行了修订和完善，以更好适应形势的发展和读者的需求。我衷心希望，这本书能够持续发挥其警世醒人的作用，成为更多人内心深处高悬的警钟，时刻提醒大家正心明道、怀德自重，珍惜眼前的幸福与安宁。"不要人夸颜色好，只留清气满乾坤。"

"清心为治本，直道是身谋。"在此，衷心感谢中央统战部各位领导和同志们给予我的关心与帮助，你们的支持如明灯照亮我前行的道路；至诚感谢中国方正出版社同志的信任与支持，你们慧眼识珠，让这部作品得以问世并传播；深情铭记广大读者的厚爱与关注，你们的每一份支持都是我创作的源泉；由衷感激我的父母家人，你们以无尽的宽容和理解为我撑起一片温馨的天空。

愿我们的祖国海晏河清、国泰民安，愿我们的社会如

| 人生不能重来

碧波荡漾,澄澈透明,让每一个人都能在这片祥和的土地上,书写无悔且璀璨的人生篇章。

张小莉

2024 年 12 月 5 日

图书在版编目（CIP）数据

人生不能重来 / 张小莉著 .—北京：中国方正出版社，2024.11.—（方正廉洁文学系列）.—ISBN 978-7-5174-1411-7

Ⅰ.I247.5

中国国家版本馆 CIP 数据核字第 2024NM6475 号

人生不能重来

张小莉　著

责任编辑：陈培凤
责任校对：周志娟
责任印制：李惠君

出版发行：	中国方正出版社
	（北京市西城区广安门南街甲 2 号　邮编：100053）
	编辑部：（010）59594627　发行部：（010）66560645
	出版部：（010）59594625　门市部：（010）66562733
	邮购部：（010）66560933
	网　　址：www.lianzheng.com.cn
经　销：	新华书店
印　刷：	保定市中画美凯印刷有限公司
开　本：	880 毫米×1230 毫米　1/32
印　张：	8.75
字　数：	129 千字
版　次：	2025 年 1 月第 1 版　2025 年 6 月北京第 3 次印刷

（版权所有　侵权必究）

ISBN 978-7-5174-1411-7　　　　　　　　　　定价：35.00 元

（本书如有印装质量问题，请与本社发行部联系退换）